MI PADRE Y MIS DOS AMORES

MIRYAM M. ROCHE

MI PADRE
Y MIS DOS AMORES

MANCHESTER PUBLISHING INC.

HONOLULU

MI PADRE Y MIS DOS AMORES

Manchester Publishing Inc.
300 Wai Nani Way, Suite 2311
Honolulu, Hawaii 96815
Phone: 1-808-349-9432
e-mail: manchesterpublishing@yahoo.com
www.manchesterpublishing.com

Manufactured in the United States of America
Manufacturado en los Estados Unidos

Library of Congress Control Number: 2012961860

ISBN 978-0-9832436-5-6

ISBN e-book 978-0-9832436-6-3

Designed by Eric Butler

AGRADECIMIENTOS

Doy las gracias a mi familia por haberme ayudado a escribir esta novela, sobre todo a mi madre, hermanas, hermanos, familiares y a todos mis amigos.

Dedico esta novela a mi padre que nuestro Señor Jesucristo lo tenga en la gloria, paz, y la felicidad del Cielo.

BIOGRAFÍA DE LA AUTORA

Miryam Muñoz Roche, escritora chilena norteamericana, nació en Chillán, Chile y fue educada en un colegio católico y en la Universidad Católica en Santiago, donde estudió literatura inglesa. Luego se fue a estudiar lo mismo a la Universidad de Cambridge, Inglaterra. Allá cambió de carrera, iniciando sus estudios en psicología. Es Licenciada en Psicología con Magíster y Doctorado en Psicología Clínica de la Universidad de Cambridge. También es Licenciada en Pedagogía y Literatura Inglesa y Francesa con Magíster en cada una de la Universidad de Hawai, en los Estados Unidos. Además, es licenciada en filosofía de la misma universidad.

Mi Padre y Mis Dos Amores es la primera novela en español que publica en los Estados Unidos y fue inspirada por la muerte de su padre. En esta, la autora muestra la condición humana de la cual no podemos escapar como la muerte, el amor, y la felicidad. En los Estados Unidos es dueña de una editorial y una fundación para los damnificados de los terremotos que se producen en Chile y es profesora de literatura inglesa y francesa.

CONTENIDO

PRÓLOGO

La protagonista y narradora de *Mi Padre y Mis Dos Amores* es una psicóloga chilena radicada en los Estados Unidos. La novela está narrada en primera persona, por la psicóloga chilena norteamericana, Victoria Wellington, tiempo pasado, y consta de cuatro partes.

La autora nos muestra la condición humana de la cual no podemos escapar como la muerte y el amor. La novela es en parte, una narración introspectiva de la experiencia personal de la escritora y de su imaginación. Mientras la narradora y protagonista está en Chile, ella muestra su apego por la tradición que su padre tanto protegía. La presencia de su padre es muy poderosa a través de la novela. En esta, la autora muestra escenas de su experiencia personal por haber crecido en las casonas familiares del pueblo y del campo de Chillán, de Santiago, y también su posterior asimilación a la cultura norteamericana. En ellas, los trabajadores son fieles a sus patrones y viven tranquilos y contentos.

También, ella muestra la realidad contemporánea con todas sus diferencias sociales. La narradora muestra escenas típicas de campo donde el uso del lenguaje de los trabajadores del campo contrasta con la fineza y buen lenguaje de la familia de Victoria quien es la protagonista. Ese día de otoño, en que su padre fallece, ella piensa que todo ese mundo tradicional que ella conoció, se ha vuelto triste y oscuro.

La narradora usa los sueños para demostrar el inconsciente en el cual ella trata de revivir a su padre porque le cuesta de creer que su padre esta muerto, pero es imposible de revivirlo porque cuando ella trata de tocarlo, el se aleja o se transforma. También, la narradora usa los sueños como un medio para recrear el pasado. En los sueños, hay continuidad. En los primeros hay cambios y metamorfosis en los cuales Victoria refleja desesperación, pero después se ve más tranquila. La narradora muestra el subconsciente a través de los sueños y el consiente, cuando ella reflexiona acerca de ellos.

Al principio, Victoria muestra su desilusión cuando reconoce que la vida intelectual no significa nada comparada con la importancia de su padre a quien no vio por muchos años, a pesar que lo llamaba por teléfono frecuentemente. La casona familiar se opone a los edificios altos de Santiago. Es como una reliquia de un pasado noble, moral, y tradicional. Las visitas a veces critican la casa por ser tan grande. Hoy muchas de ellas se han transformado en departamentos o ya han sido demolidas.

La novela también muestra el contraste entre los valores tradicionales y las fuerzas destructivas de la sociedad contemporánea, como la presencia de grafitis y las manifestaciones callejeras que todo lo ensucian.

La novela es interesantísima, pues sugiere la desintegración de la casa tradicional chilena en los primeros años del nuevo siglo. La narradora nos presenta a través de la novela, una tragicomedia de la condición humana.

La protagonista principal es Victoria, una mujer educada, bonita, y tradicional. Otro personaje es Pierre, un periodista gentil, seductor y celoso al que le gusta mucho conversar. Tiene humor y a veces dice palabras en francés. Edward, otro personaje de gran importancia, es también un periodista tradicional, controlador, celoso, romántico, elegante, al que le gusta utilizar palabras en inglés. Hace gala de una galantería inglesa. En la casa familiar, existen dos grupos de personas: los patrones que son conservadores como los ricos propietarios de fundos, amables, educados y católicos. Los trabajadores son fieles a sus patrones, amables, y respetuosos. La autora eligió la carrera de periodismo para sus personajes principales porque ella estudió periodismo en los Estados Unidos y le gustó mucho esa carrera.

Los temas centrales de la novela son la muerte y el amor. Es difícil olvidar la crisis emocional que la protagonista sufre cuando se entera que su padre muere y después cuando para sobreponerse a ese trauma comienza un romance con uno de los personajes el cual termina en un escándalo. La autora, en su novela tiene el poder de emocionar al lector con la tristeza, la alegría, las dudas, y los celos, etc. de los personajes así como, con el ambiente en que esta se desarrolla.

La escritora se inspiró primordialmente por su padre para escribir su novela porque falleció hace tres años y le causó una profunda tristeza, por eso, ella necesitaba desahogarse y expresar su profunda tristeza no tan solo llorando si no que también escribiendo. Ella comenzó a escribirla durante su viaje en avión cruzando el océano pacífico para asistir al funeral de su padre. Escribiendo, la autora no tan solo se concentró en la tristeza, si no que también en los momentos bonitos que compartió con él. Pero, también la autora como profesora de literatura inglesa y francesa fue muy inspirada por escritores clásicos como Hemingway, Le Carré, Chateaubriand, Balzac, Sartre, Stendhal, Nerval, y Shakespeare, Cervantes, etc. También fue inspirada por escritorios latinoamericanos como Borges y Neruda. Ella se paso muchas horas escribiendo su novela en la casa familiar de Santiago y en la casa y fundo de Chillán, penthouse departamento y playas famosas en los Estados Unidos.

De un punto de vista psicológico, escribiendo ayudó a la autora a expresar sus emociones de profunda tristeza y a reflexionar sobre la naturaleza de la existencia humana.

—Renato Ahumada

PARTE I

CAPITULO I

Un día, al comienzo del verano, a la salida del sol –en Honolulu, Hawai– el canto de los pájaros me despertó. El sol entraba por los grandes ventanales de mi departamento penthouse en Waikiki. En segundos me levanté contenta anticipando un buen día y miré a través de uno de ellos el mar a donde un yate avanzaba hacia el horizonte. Las palmeras se movían lentamente en los jardines alrededor del edificio bajo el cielo azul. Luego me bañé, me vestí, tomé desayuno, y me fui a mi consulta donde trabajaba como psicóloga.

En mi Range Rover, vi que eran las 8:30 hrs. de la mañana. Después de un rato, me sumergí en el bullicio del tráfico en Waikiki. Era temprano. Muchas personas se dirigían a sus trabajos, ese día miércoles. Más adelante, mientras conducía por la calle Kalakaua sentí un olor a papas fritas y a café que salía de los restaurantes que estaban en el primer piso de los grandes hoteles ubicados al frente de la famosa playa Waikiki.

Ese día, las calles estaban llenas de turistas que caminaban en todas direcciones. Mientras unos entraban, otros salían de los restaurantes y tiendas. Poco rato después, subí por una calle que serpenteaba un cerro llamado "Cabeza de Diamante." A través del follaje, a la derecha, veía el mar azul con sus olas blancas. Durante un rato me estacioné en la cumbre y miré al frente. Luego me bajé y vi muchos jóvenes practicando surfing. De repente, el sol se escondió detrás de unas nubes oscuras. Pensando que iba a llover, me apresuré a llegar a mi trabajo.

En mi oficina, me senté detrás de mi escritorio y luego entró mi primer paciente que sufría una aguda depresión. Mientras conversaba con él, mi celular sonó, pero yo no lo respondí. Antes que viera a mi próximo paciente, mi celular sonó nuevamente, pero de nuevo no lo respondí. Mientras leía en la ficha quien era el siguiente paciente me pregunté quien pudo haber sido la persona que me llamó con insistencia. Miré mi celular. Era una llamada de Yannette, mi hermana menor, de Chile. Esperé un rato y luego le contesté. En segundos, tomé el celular y escuché a mi hermana que había dejado un mensaje en el buzón de voz: "Hola hermana, nuestro padre está muy grave…" Comencé a llorar con mucha tristeza. Las lágrimas corrían por mis mejillas como un río. Mi voz se quebró cuando dije, "Papá, que Dios y María santísima le recobren su salud."

Después de un rato, yo llamé a mi hermana. Temblaba mientras marcaba el número.

–Nuestro padre está muy grave –dijo Yannette.

–¿Qué le pasó?

–Está muy grave.

–¿En dónde lo tienen? –pregunté.

–En la cama –respondió ella llorando.

–¿Por qué no lo han llevado a la clínica? –pregunté.

–Nuestro padre falleció –respondió ella llorando y sollozando.

Me quedé en silencio por un largo rato. No podía creerlo. Después lloraba con desesperación.

–Yannette –dije después de un rato.

–Hermanita nuestro padre falleció en mis brazos, su muerte fue muy rápida.

–No puedo creerlo –dije.

–Yo tampoco –contestó ella llorando.

Pensé que a lo mejor mi padre había tenido un ataque y todavía estaba vivo. Por eso le dije que llamaran a otros doctores.

–Victoria, yo sé que es difícil de aceptar, pero ya está el certificado de defunción –dijo ella enternecida.

Sentí mucha desesperación pensando que ha mi padre lo habían dado por muerto cuando a lo mejor había tenido un ataque. Me disgusté con mi hermana y corté la llamada. Lo ocurrido me dio rabia. Me puse furiosa. Pensé que seguramente estaban aburridos con mi padre enfermo y por eso no les importó pedir una segunda opinión. Después que lloré por un rato, llamé a mi hermana otra vez y le dije que por favor llamará a otro médico.

–¿Si quieres que llame a otro doctor para que quedes conforme… lo haré? –dijo Yannette.

–Sí, por favor –le dije.

Minutos después me di cuenta que mi petición de un segundo médico viera a mi padre estaría demás, pues no era necesario porque mi padre ya había fallecido y pensaba que mi familia ya lo estaban vistiendo para ponerlo en el ataúd. Mientras reflexionaba, mi hermana Yannette me pasó a mi hermana Carmen.

–Victoria, ¿cómo estás? –contestó Carmen con su voz quebrada.

–¿Es verdad que nuestro papá falleció? –pregunté con voz trémula.

–Si Victoria –contestó mi hermana.

–¿Está tibiecito todavía? –pregunté llorando.

–Sí.

–A lo mejor aún está con vida.

–No –dijo Carmen –el médico ya dio su diagnóstico final.

–Pero... trata por favor, de revivirlo haciéndole respiración boca a boca, así podría reaccionar –dije con desesperación.

–Bueno –escuché decir a Carmen y fue a darle respiración boca a boca a mi padre.

La comunicación se cortó. Temblando, en un estado de trance, caminé a la ventana de mi oficina y la abrí. Afuera el cielo azul estaba cubierto de nubes oscuras mientras lloviznaba. Mientras caían mis lágrimas de dolor por mis mejillas me preguntaba ¿Por qué papá no esperaste un poco más? ¿Por qué no me dejaste verte vivo? Sin dejar de llorar, pensé que debía viajar a Chile lo más pronto posible.

Le dije a mi secretaria que cancelara todas las consultas para ese día y por dos semanas.

Luego, llamé a varias agencias de viaje, pero ninguna respondió. Durante un rato me senté en el sofá en un estado de trance. Después me paré y dije en voz alta: –¡Papá ayúdame! Tengo que llegar a tu lado y verte por última vez.

Rápidamente salí de mi oficina. Afuera estaba lloviendo. Corrí bajo la lluvia hasta mi Range Rover.

De regreso a mi departamento, encendí el computador y comencé a buscar información en internet sobre vuelos a Chile. En algunas agencias de viajes, me respondían, –No hay vuelos a Chile–. En otras, me preguntaban si tenía pasaporte. ¡Yo no lo tenía! Busqué información acerca del pasaporte en la internet. Llamé a Washington y me dieron una hora para el próximo día a las 9:00 de la mañana para conversar con una persona en el Edificio Federal, lugar en el que daban pasaportes en Honolulu.

Al otro día, en la mañana, cuando llegué a la oficina federal de pasaporte, me dijeron que tenía que firmar un formulario. Lo llené y se lo entregué a una persona detrás de un mesón. La persona me preguntó si tenía el itinerario del vuelo.

–No lo tengo –contesté.

–No puede hacer ningún trámite de pasaporte si no tiene el itinerario de su viaje –contestó.

–Es un viaje de emergencia. Mi padre falleció y no he podido encontrar ningún vuelo –le señalé.

–Lo siento, pero necesito ver su itinerario –contestó la funcionaria.

–Ayer vi que había un vuelo para hoy en la tarde –dije.

–¿Pero cuál es el itinerario? –insistió ella.

–Sale hoy día a las nueve veinte de la noche y llega a Los Angeles mañana en la madrugada y está llegando a Santiago de Chile a las cinco veinte el sábado en la mañana.

–El itinerario tiene que llegar aquí en forma escrita –insistió.

–¿Tiene Ud. que verlo? –pregunté con molestia.

–Sí –me contestó escuetamente.

–Por favor, vea si puedo conseguir un pasaporte sin un itinerario de vuelo.

–No se puede –me insistió.

–Trataré de buscar un vuelo... Muchas gracias, ¿puedo volver sin hacer otra cola? –pregunté angustiada y con mis ojos hinchados de tanto llorar.

–Sí, claro –contestó.

Salí del edificio y me contacté con un amigo y le dije que me consiguiera un vuelo a Chile. Sin el itinerario no podía obtener un pasaporte y viajar a mi país. Las horas pasaban mientras esperaba que mi amigo lograra ayudarme. Como a las 11:00 de la mañana, él me llamó para decirme que había encontrado el esperado vuelo. El itinerario lo iban a faxear de inmediato. Esperé una hora y como no lo faxeaban entré a la oficina una y otra vez, para saber si habían enviado el fax con el itinerario del vuelo.

–¿Llegó el itinerario del pasaporte? –pregunté angustiada.

–No todavía –me respondió la persona de la ventanilla de la oficina.

Después le pregunté a esa funcionaria, si podía avisarme cuando llegara el itinerario. Me contestó que sí. Le di mi nombre y salí de la oficina y me paré frente a una ventana. Necesitaba mirar hacia fuera, mientras lloraba pensando que a mi padre lo estaban velando. Vi un hermoso césped con pasto verde. El sol, radiante lo inundaba todo, mientras las lágrimas corrían por mis mejillas. A veces llovíznaba.

Rato después, desesperada, volví a la oficina y le pregunté a la funcionaria si había llegado el fax con el itinerario.

–No señorita –me contestó.

–Dijeron que lo iban a enviar de inmediato –señalé.

–¡Pero no ha llegado! –me contestó con molestia.

Salí de la oficina y fui a mirar nuevamente por la ventana. Las horas pasaban y no me avisaban. Volví nuevamente a la oficina y le dije a otra funcionaria que me ayudara.

–¡Por favor ayúdeme! –le supliqué.

–Sí… ¿dígame? –me preguntó.

–Son ya las 2:00 de la tarde y mi itinerario de viaje que tenían que faxearme todavía no llega –le respondí con angustia.

La funcionaria me pidió mi nombre –Victoria Wellington –le contesté. Ella lo anotó y fue a ver si el fax con el itinerario de mi vuelo había llegado. Este no había llegado.

–Por favor… ¿Podría buscar el itinerario de mi vuelo en Internet? –pregunté.

–Es ilegal hacer eso –me contestó.

–¡Por favor ayúdeme!

La funcionaria me miró: –Bueno… lo intentaré –me dijo compadecida.

Después de un rato apareció con la información que yo tanto esperaba.

–Muchas gracias –le dije agradecida.

La oficina la cerraban en una hora más. Me pidió otros datos y comenzó a llenar la solicitud para completar la información de mi pasaporte. Durante un momento salí del edificio mientras lo confeccionaban. Caminando por un pasillo que tenía un techo de doble altura, me sentí feliz de haber conseguido el itinerario y poder viajar para ver a mi padre, pero también triste al pensar que a él ya lo estaban velando.

Afuera del edificio mientras esperaba el pasaporte, llamé por mi celular a mi hermana.

–Yannette… ¡me conseguí el pasaporte y estoy segura de que viajo! –le dije con convicción.

–¡Qué bueno! –contestó mi hermana.

–Llegaré el sábado, a las 5:20 de la mañana.

–Pero, a mi padre lo sepultarán el viernes en la tarde.

–Por favor… consigue que me esperen un día más –le dije.

–Conversaré con las personas para decirte si se puede esperar hasta el sábado –me contestó.

–Estaré muy feliz de ver por última vez a mi padre… aunque sea en el ataúd –dije finalmente.

Tratando que nadie se diera cuenta, lloraba y sollozaba discretamente bajo el sol brillante de ese día mientras caminaba por el césped del jardín del Edificio Federal.

Minutos más tarde, llamé a mi hermana otra vez y me contestó que sí se podía esperar. En algunos momentos me costaba respirar y dejaba caer mis lágrimas mientras mi hermana me contaba que nuestro padre se veía muy sereno en el ataúd, mientras los presentes rezaban.

Al fin, en menos de media hora, me entregaron mi pasaporte. Me sentí más tranquila, pero muy triste mientras me apresuraba a mi Range Rover. Subí a mi jeep, salí del estacionamiento, y viré hacia la calle donde se encontraba el shopping center. Luego comenzó a lloviznar y después… a llover torrencialmente. Conducía a alta velocidad. Mi vuelo salía a las 9:20 de la noche. Por eso tenía que hacer mis compras de ropa, rápidamente, pues no tenía ropa negra. Sabía que mi familia tradicional andaría usando negro, por eso, yo también tenía que usar ese color.

Ya en el shopping center, primero compré zapatos, luego algunos trajes negros de marca Channel y finalmente los bolsos.

En el interior del shopping, se escuchaba el bullicio de las personas que caminaban en todas direcciones.

Luego salí del shopping y corrí a mi vehículo rumbo a mi departamento. Allí puse la ropa en los bolsos y me fui al aeropuerto. No tuve tiempo ni siquiera para cambiarme de ropa, ya que tenía que estar en el aeropuerto de Honolulu una hora y media antes de que saliera el vuelo de las 9:20 de la noche y ya eran como las ocho veinte.

CAPITULO II

Con lágrimas en mis ojos llegué al aeropuerto y estacioné mi jeep y le dije a un amigo de confianza que fuera a buscar el Range Rover y lo llevara al estacionamiento de mi departamento. Rápidamente, retiré los bolsos del porta maletas. Entre el murmullo de las personas que esperaban sus vuelos o caminaban en todos las direcciones, yo corrí a hacer el chequeo de mi vuelo. A menudo se sentía por los parlantes el anuncio de la llegada y salida de los aviones. Mientras corría con un bolso a cada lado, mi mente estaba concentrada en mi padre. Me corrían las lágrimas.

En pocos minutos chequearon mis bolsos, crucé los controles y caminé hasta la puerta del avión. Ahí mostré mi número de vuelo y me dijeron que esperara hasta que abrieran la puerta. Después que abordé el avión que me llevaba a Los Angeles, me senté en la fila del medio con expresión triste y preocupada. Las lágrimas corrían por mis mejillas rosadas. Mi vestido blanco me hacía verme más pálida y mi pelo rubio sobresalía entre otras personas con el pelo oscuro.

Esta vez ni siquiera me di cuenta cuando el avión despegó. Solo lo hice cuando éste había tomado altura. A menudo, las azafatas preguntaban a los pasajeros si necesitaban algo. Me quedé dormida sollozando. Solo desperté cuando las azafatas ofrecían comida. Yo tuve que arrebozarme con una frasada, pues hacía frío. Seguí durmiendo y solo despertaba cuando se producían los vaivenes del avión.

Ese día, el vuelo a Chile con escala en California y Perú demoró como doce horas. Durante el vuelo de Honolulu a California dormí casi todo el viaje. Cuando desperté, una azafata comenzó a ofrecer comida. No me serví nada. Yo solo quería llegar luego al lugar en que estaba mi padre. A las cuatro de la madrugada, el capitán del avión anunció que los cielos estaban despejados en Los Angeles, California y que aterrizaríamos como en una hora y veinte minutos.

–Señores pasajeros, su atención por favor –escuché decir al capitán, por los parlantes del avión. Luego, el copiloto agregó: –la compañía Aerolíneas Americanas anuncia la llegada de su vuelo quinientos a Los Angeles, California, en quince minutos.

Luego el avión se preparó para aterrizar. Después de algunos minutos, estábamos sobrevolando el Aeropuerto Internacional de Los Angeles. A bordo del avión, la azafata dijo por los parlantes:

–Señores pasajeros, por favor colóquense el cinturón de seguridad pues vamos a aterrizar.

Enseguida el avión aterrizó. Llegamos al aeropuerto de Los Angeles, a las cinco veinte horas como estaba establecido en el itinerario. Saqué el bolso de mano el cual había colocado en el compartimiento de arriba y el otro que tenía bajo mi asiento. Luego salí del avión. Mientras caminaba por el lobby del aeropuerto, escuché a muchas personas que hablaban en castellano, inglés, y japonés.

–¡Qué gentío! –pensé.

Pasajeros de diversas partes del mundo caminaban para uno y otro lado. Sin dejar de pensar en mi padre, fui a un restaurante a servirme un vaso de leche con chocolate. El avión de Los Angeles a Chile, despegaría a las 1:20 horas de la tarde, pero tenía que estar en el aeropuerto una o dos horas antes. Quise salir del aeropuerto para ir a conocer la ciudad, pero pensé que podía perderme. El tiempo pasó muy rápido. Como a las 12:20 de la tarde en el aeropuerto internacional de Los Angeles, anunciaron por los parlantes:

–Señores pasajeros, su atención por favor, Aerolíneas Americanas anuncia la salida de su vuelo 9959, con destino a Santiago de Chile.

Caminé entre la gente y el bullicio de muchos pasajeros a chequear mis bolsos. Luego fui a la puerta número 18 para subir al avión. Había un grupo frente al mesón donde tenía que mostrar el número de mi vuelo y asiento. Mientras esperaba para mostrar mis bolsos, una auxiliar de la línea aérea me habló.

–Señorita, usted puede viajar solo con un bolso y una cartera.

–Este es mi bolso y ésta es mi cartera –le contesté.

–Tiene que dejar un bolso. Decida Ud. ¿Cuál lleva y cuál deja?

–Necesito mi bolso y también mi cartera.

–Ese bolso es muy grande para ser una cartera –me señaló la mujer.

–Bueno, está bien –dije.

En uno de los bolsos estaba mi ropa oscura y en el otro mi notebook. Después que pesó los bolsos, le dije que dejaría el bolso con el notebook. Como quince minutos más tarde, la auxiliar se acercó a mi nuevamente y me dijo:

–La dejaré que suba con ellos, pero si hay personas que no

tienen lugar para colocar sus bolsos, usted tendrá que dejar uno.

–Está bien, muchas gracias –respondí.

En cinco minutos mostré mi número de asiento en el mesón de embarque y caminé al bus rumbo al avión.

Mientras subía por su escalera, un joven alto se me acercó.

–Buenas tardes señorita, ¿puedo ayudarla?

–Sí por favor –contesté, mientras le pasaba los bolsos y le daba el número de mi asiento.

–Gracias –le dije.

–Es un gusto –respondió.

Caminé agradecida detrás de él. Un poco inquieta, me senté. Luego me sentí segura de que la auxiliar no me encontraría para decirme que sacara un bolso. Me senté en una fila del medio donde había tres asientos. No quería sentarme al lado de la ventanilla. Al poco rato después, el asiento de la derecha se desocupó. Muy pronto, los asientos del avión, se llenaron de pasajeros. Antes de despegar, el capitán del avión dijo por micrófono: –Señores pasajeros, les solicito colocarse los cinturones pues vamos a despegar. Les deseo un feliz viaje a Santiago de Chile, con escala en Lima, Perú.

Cuando escuché la palabra Santiago de Chile, las lágrimas comenzaron a correr por mis mejillas. El viaje duraba como doce horas. Más tarde, las azafatas comenzaron con sus carritos a distribuir comida a los pasajeros. En el avión, la música clásica me dio más tristeza y desesperación. Pensaba que tan solo podría ver a mi padre por la ventana del ataúd. Las lágrimas nuevamente corrían por mis mejillas. Después de un rato, las azafatas me sirvieron queque con mermelada de durazno. La comida estaba buena. La coca-cola estaba muy refrescante. A veces, el joven atractivo que me ayudó con los bolsos, me miraba y sonreía. Yo no quería que me viera llorar. Nunca creí que iba a pasar por esta tristeza tan profunda, pensé mientras comía.

Sentía que mis sueños e ilusiones se me habían derrumbado con la muerte de mi padre. Pero también pensé que mi padre, desde el alto cielo me daría fuerzas para llegar a ser una escritora famosa. Después que comí, mientras el avión atravesaba el océano pacífico, me puse a escribir mis emociones para expresar mi profundo dolor por mi padre. Mi mente estaba ocupada con su recuerdo. Yo me decía, "esta novela la escribo en honor a mi padre y como en el caso de Shakespeare, me gustaría que ella fuera adaptada como una obra teatral o una película." Después de un rato miré a mi alrededor. Algunas personas conversaban entre ellos mientras otros se deleitaban viendo películas en sus pantallas al frente de ellos. Otros escuchaban música. De pronto las azafatas pasaron ofreciendo coca-cola, agua, o vino. Hora más tarde, nos sirvieron la cena. El pollo con arvejas, el postre de uvas con queque y la coca-cola se veían deliciosos pero nada me apetecía.

–Vino tinto, por favor –le solicité a una de ellas.

–Si, como no –contestó la azafata.

Pronto tomé unos sorbos de vino. Luego me tomé, al seco, la copa grande que me ofrecieron. No había tomado vino desde hacía tiempo. Me sentí mareada, pero lo hice a propósito, pues quería quedarme dormida.

Horas más tarde desperté. Miré a mi alrededor. Había silencio en el avión. De vez en cuando, sentía a algunas personas caminar por el pasillo hacia el baño.

Luego, el piloto anunció que el avión aterrizaría en una hora.

–El avión hará una escala de una hora, en Lima, por eso se les recomienda a los señores pasajeros que no se bajen.

Comencé a sentir frió mientras nos aproximábamos a Lima. A los pocos minutos, la aeronave estaba aterrizando en el aeropuerto de Lima.

Durante la escala, no podía contener mis lágrimas. Algunas personas bajaron y otras subieron al avión. Una hora más tarde, despegamos con destino a Santiago, mientras pensaba sobre la novela que había comenzado a escribir sobre mi padre, me preguntaba si la escribiría en tiempo presente o pasado. El tiempo pasado me hacía sentir que no estaba sufriendo por la muerte de mi padre. ¿Cómo sería escribirla en tiempo presente? Pensé que mi espíritu lloraba como una tempestad con truenos y relámpagos.

Dos horas antes de que el avión aterrizara en Santiago, abrí un bolso que tenía debajo del asiento, saqué una chaqueta negra, un pantalón negro, y zapatos blancos. En el baño, me cambié la ropa y luego retorné a mi asiento. Mientras hacía esfuerzos por no llorar, más me corrían las lágrimas.

CAPITULO III

A las cinco veinte de la madrugada, el avión que me traía aterrizó en el Aeropuerto Internacional de Santiago. Triste con mi ojos llenos de lágrimas di vuelta mi cara hacia la ventanilla del avión y vi mucha neblina en medio de luces. Luego, entre un montón de personas, me abrí camino y bajé rápidamente. Afuera me dirigí a chequear mis bolsos. Luego fui a Policía Internacional para mostrar mi pasaporte y conseguir visa de turista. Después, mientras caminaba tiritando de frío y tristeza, respiraba profundamente para no llorar tanto y salir del aeropuerto. De repente, vi a mi madre, quien era alta, rubia, y de alegre ojos azules, que en ese momento se le veían hinchados de tanto llorar. Ella estaba junta a mi hermana menor, Yannette, que me esperaban en medio de un amontonamiento de personas. Mi madre y mi hermana se veían muy tristes con sus abrigos negros y botas negras. No las había visto hacían muchos años. En un primer momento no las reconocí, pues se veían distintas. Pero apenas las vi, me apresuré para encontrarme con ellas. Nunca pensé que las iba a ver tan triste. Me dieron ganas de llorar fuerte, pero con esfuerzo me retuve.

–Hija, tu padre –me dijo mi mamá llorando y yo la abracé llorando también mientras mi hermana lloraba a su lado para compartir nuestro duelo.

Después que nos saludamos, caminamos hacia fuera del aeropuerto y nos dirigimos al jeep de mi hermana. El frío llegaba a rasguñar mi piel esa madrugada. Me di cuenta que mi madre estaba mucho más delgada que cuando me había ido a los Estados Unidos. Mientras caminábamos, conversábamos. En el jeep, mi hermana colocó la calefacción y seguimos conversando.

–Hija, tu padre tiene que estar muy contento con tu venida –dijo mi mamá.

–Sí mamá, como hija era mi deber estar aquí –contesté.

Luego, mi mamá me miraba en silencio, mientras sus lágrimas le corrían por sus mejillas.

–Gracias a Dios que pudieron esperar un día más –dije con mi voz quebrada.

–Si… teníamos que esperar por ti –respondió Yannette mientras las lágrimas le corrían por sus mejillas.

Durante un rato, a las tres, se nos cayeron las lágrimas, luego seguimos conversando. El Jeep entró por unas calles angostas. Las casas, a ambos lados de la calle, se veían con sus paredes rayadas con grafiti. Se sentía olor a humo, que salía por las tuberías de las casas. Más adelante, la niebla se veía como humo cuando el jeep entró a unas calles más anchas. Estaba comenzando a amanecer. Por momentos se empañaban los vidrios con el frío de la mañana. Mientras tanto, yo miraba las casas grandes que había en ambos lados de la calle. Poco rato después, pasamos frente a unas casas con grandes jardines. Después doblamos a la derecha y por primera vez, después de muchos años, divisé los altos pilares de la casona familiar. Desde lejos, se divisaban las lámparas encendidas en algunas piezas que tenían las cortinas corridas. El Jeep pasó por un portón de fierro y siguió por un callejón con árboles altos en ambos lados. Nos estacionamos frente a la mansión al lado del jardín. En el patio se encontraba un empleado quien se apresuró a encontrarnos. Nos bajamos del jeep. La casa estaba silenciosa esa mañana. Luego, la gran puerta de la entrada de la casa se abrió y me sorprendí cuando vi salir a una niña blanca como nieve de pelo largo y rubio, ojos azules, como de doce años.

–Mi hija, Katherine –dijo Yannette enternecida.

–Hola tía –dijo mi sobrinita corriendo a saludarme con un semblante gracioso, pero con sus ojos lagrimosos.

Yo me imaginaba que mis sobrinitas estaban más chicas, pero Katherine estaba súper alta.

Era temprano todavía, todos estaban acostados. Caminamos directo a los dormitorios donde estaban durmiendo mis sobrinos, otras hermanas y hermanos. Primero pasamos por el dormitorio de mis hermanas. Triste muy triste llorando nos abrazamos. Mis hermanos despertaron al escuchar nuestros llantos. Luego fuimos a sus dormitorios. Nos abrazamos llorando sin decir una palabra. Después que conversamos durante un rato. Seguí saludando a mis otros familiares.

Cuando entré a otro dormitorio, vi en él, unas niñitas adolecentes que se sentaron en la cama.

–¿Quiénes son ellas? –le pregunté a Yannette.

–Ella es Yosi. Mi otra hija y ella es Lesly. La hija de Marlenne, nuestra prima –dijo Yannette.

Llorando nos saludamos de abrazo y beso. Yosi no tenía la piel tan blanca como Katherine, pero como ella tenía la nariz respingada como su abuelo.

Luego fuimos a otro dormitorio.

–Marlenne –dijo Yannette.

Nos abrazamos mientras llorábamos. La encontré más gorda y aseñorada, pero tan blanca como nosotros. Sabía que se había casado con un rico dueño de una panadería y que tenía dos hijas, Lesley y Pamela quienes eran súper inteligentes. Pamela se estaba recibiendo de asistente social de la Universidad de Chile. Después fui a los demás dormitorios. Anduve harto rato saludando a mis familiares. La casa como de treinta piezas estaba llena con nosotros. Luego, mi madre me dijo que toda la familia se reuniría en la capilla del Parque del Recuerdo, a las nueve de la mañana. Me acosté. En la cama no podía dormir pensando en las imágenes de mi padre. Después de una hora me quedé dormida. Un rato después, con el ruido de las conversaciones que entraba por la puerta de mi dormitorio, que estaba entre abierta, desperté. Miré mi celular y vi que eran las ocho de la mañana. Me levanté, duché, y cambié de ropa. En el comedor y living y por toda la casa, se encontraban varios familiares que habían llegado y seguían llegando para ir a la capilla donde estaban velando a mi padre. Algunos lloraban mientras otros conversaban. Algunas señoras que sabían el Rosario lo rezaban en la capilla.

CAPITULO IV

A las nueve de la mañana, los familiares y nuestras amistades nos juntamos tristemente para ver por última vez a mi padre. Ese día, mi hermana Yannette manejó su jeep. En él, algunos de mis hermanos, hermanas, y mi mamá nos fuimos al Parque del Recuerdo. En silencio, sentía que mis lágrimas corrían por mis mejillas. Todos sabíamos que ese día sería la última vez que lo veríamos. Estábamos destrozados de pena.

Cuando llegamos al Parque del Recuerdo, vimos su imponente puerta de entrada, muy alta, de fierro macizo. Al entrar, vimos sus hermosos jardines llenos de flores y césped. Después que el jeep se estacionó, caminamos rumbo a la capilla por unos pasillos altos con piso de granito. Se sentía música clásica… de Sebastian Bach. La música me hacía sentir más triste. Antes de entrar a la capilla, escuché que le estaban rezando. La puerta de la capilla estaba abierta. Llorando, vi el ataúd de mi padre que se encontraba cubierto de flores. Sus familiares y amistades lo rodeaban. Era café, tallado con la imagen del papa Juan Pablo Segundo. Llorando, miré a mi padre a través del vidrio del ataúd. Su cara estaba estiradita, me costaba verlo porque mis ojos lloraban. La pena y la profunda tristeza me desesperaban.

–Antes de que llegaras, tu padre tenía una lágrima en el ojo derecho –dijo mi madre llorando.

–Pero ahora no la tiene –contesté llorando mientras lo miraba y lo encontraba tan delgado y diferente como lo había visto por ultima vez.

–Si hija –contestó mamá.

–Creo que fue la lágrima que hizo posible que viniera –le dije.

–Tu padre tiene que estar feliz de que estés aquí –dijo mi mamá.

Besé el vidrio sobre su cara y le dije –Papá, te quiero muchísimo y gracias por permitirme verte otra vez.

Los familiares más cercanos rezamos el Rosario alrededor de mi padre mientras nuestros amigos rezaban a nuestro lado. Después, nos sentamos alrededor de mi padre. La capilla adentro y afuera estaba llena de familiares y amigos. Yo también vestía un traje negro. Muchos familiares y amigos se me acercaron para abrazarme y darme el pésame. Uno de los jóvenes se me acercó.

–¿No me conoce? –me preguntó.

Lo miré y luego lo reconocí que era uno de mis sobrinos que estaban chicos cuando me fui al extranjero. Ahora estaba súper alto. Algunos de mis sobrinos andaban vestidos con uniformes de las fuerzas armadas. A veces rezábamos. Yo dispuse que los familiares y amigos habláramos de anécdotas o experiencias bonitas con mi padre. Desde el cielo mi padre tiene que haberlas escuchado. Una de ellas, se refería a lo ocurrido una vez en el campo, cuando mi padre estaba recostado bajo la sombra de un árbol y un ternerito se le acercó. Poco a poco este animalito le sacó el pañuelo del bolsillo del pantalón y como un niño desordenado corrió por el campo y se lo comió.

Más tarde rezamos nuevamente. A las cuatro de la tarde, sacaron a mi padre para sepultarlo en el patio santo del Parque del Recuerdo que es el lugar más prestigioso de Chile. Lo pusieron en un carrito y lo llevaron lentamente al lugar de su entierro, mientras nosotros caminábamos detrás de él. Minutos después llegamos al lugar. Habían colocado un toldo, muchas flores y varios asientos. A mi padre lo colocaron sobre hartas flores. Los familiares más directos nos sentamos frente a él. Le rezamos y luego se escuchó la canción "Viejo Mi Querido Viejo," de Leo Dan que era su canción favorita. Luego nos pusimos de pie para escuchar un discurso del nieto mayor, regalón de mi padre.

Los familiares y amigos, lloraban mientras escuchaban el discurso. Antes de bajar el ataúd, un sacerdote lo bendijo con agua vendita y nosotros le rezamos y lo miramos por última vez. Llorando, mirábamos el cuerpo de nuestro padre que lentamente bajaba cubierto de flores al paraíso de nuestro Señor Jesucristo. Abrazados nos consolábamos pidiendo que nuestro señor Jesucristo lo recibiera con los brazos abiertos y en paz.

Después que lo sepultamos, caminamos en silencio de regreso al estacionamiento, subimos al jeep y salimos del Parque del Recuerdo con una sensación de pérdida y profunda tristeza. Desde afuera mirábamos el lugar donde estaba mi padre. Nuevamente las lágrimas rodaban por nuestras caras.

–Se quedó en un lugar con muchos árboles y flores... como su campo –dijo mi mamá sollozando.

CAPITULO V

Al día siguiente al amanecer, en medio de la tristeza y frío, subí al segundo piso de la mansión y del balcón de la biblioteca, contemplé el jardín pensando en mi padre. El cielo estaba pálido, pero mientras éste cambiaba de color, me decía que ahora nada era igual sin mi padre. Sentía nostalgia de pensar que ya no escucharía las conversaciones interesantes de él. Esa mañana, fue difícil de describir mis emociones mientras miré atrás a través de mi memoria. Mi padre era médico pero le gustaba mucho su fundo. El era el mayor de dos hermanos. Cuando niño tenía una nana que les hablaba en castellano e inglés Británico. En los veranos, sus padres, su hermana, y él, quienes eran muy blancos y tenían los ojos azules, viajaban muy seguido a Inglaterra y Francia, pues todavía tenían familiares allá. Mi padre y su hermana hablaban inglés con acento británico. Cuando tenía diecisiete años, mi padre entró a la Universidad Católica a estudiar medicina. Estudió por un tiempo y después se cambió de carrera. Le gustó estudiar psicología. Siguió estudiando esa carrera. Con su personalidad amable se ganó el cariño de todos sus compañeros. Tenía carisma y era un gran conversador. Mi padre atraía a las personas. Las mujeres se enamoraban fácilmente de él. Después de un año, volvió a la carrera de medicina y se graduó como médico. Por un tiempo ejerció su profesión, pero luego se incorporó a la escuela militar.

En el verano del 1945, cuando era oficial de ejército, mi padre conoció a mi madre en una fiesta de gala en la escuela militar. El vestía su uniforme. Las mujeres lo encontraban seductor y lo miraban. Pero él se enamoró de mi mamá, a primera vista.

Ella era una mujer de piel blanca que estaba estudiando en una escuela normal para ser profesora de literatura inglesa. El no quiso seguir la carrera militar. Se retiró y se casó con mi madre pensando que iba a trabajar como médico.

Se fueron a vivir a una casa grande del fundo de ella. Al año siguiente, días antes de la Navidad nació, Magaly, su primera hija. Al año siguiente, Carmen. Ambas eran muy rubias y de ojos azules. Después nació Hugo, después yo, y luego mis hermanos Yannette y Roberto.

Mis padres me habían contado que tenían nanas y varios empleados para que hicieran las cosas. Por eso, cuando éramos niños, muchas veces, mi papá y mi mamá nos sacaban en coche a pasear alrededor del jardín. Las nanas les ayudaban mientras los empleados cocinaban o limpiaban alrededor. Después de veinte años, la hija mayor se casó y en ese año tuvo su primer hijo. Mi padre estaba chocho con su nieto. Con él salía a recorrer el fundo. El nieto era rubio como sus padres y abuelos. Mi hermana y su esposo eran médicos. A veces, dejaban a su hijo con mis padres. El año siguiente, mi hermana tuvo una hija. Era rubia y de ojos azules. Mi hermana y mi cuñado también dejaban a su hija en la casa de mis padres. Un año después, nació otro hijo. El, como su hermana, crecieron más cerca de sus padres, que de sus abuelos.

Magaly y su esposo seguían la tradición de tener
empleados que usaban uniforme. Mi hermana Magaly
invitaba a sus padres a las termas o a piscinas temperadas.
Mi papá y mi mamá las disfrutaban con sus nietos. De vez
en cuando, los niños querían meterse en la piscina de la
casa, pero ésta no estaba temperada en el otoño y invierno.
A mis padres les encantaba ir con su hija, yerno, y nietos
a las cabañas que tenían piscina temperada en el invierno.
Los niños parecían ingleses. Eran altos y muy rubios. Ellos
habían sacado sus títulos muy jóvenes, como el resto de la
familia. En la casa, de pequeños se reforzaba la educación
para que los niños aprendieran. Eso me inspiró a estudiar
psicología cognitiva, con especialidad en aprendizaje en la
Universidad de Cambridge. Cuando estaba en los Estados
Unidos y en Inglaterra, mi familia insistía en que volviera
a Chile.

　　–Victoria ¿Cuándo vas a venir a tu país? –me preguntaban
mis padres cuando conversábamos por teléfono.

　　–Cuando saque mi doctorado en psicología y literatura
inglesa –les respondía.

　　Así el tiempo se me pasó estudiando en la universidad y
obteniendo muchos títulos. Mientras mejor me iba en mis
estudios, más títulos quería obtener. Después, no tan solo
quería obtenerlos, sino que construir una Universidad prestigiosa como Cambridge. Para obtener esa meta, escribí muchas
novelas. Sabía que iba obtener dinero publicándolas. Algunas
las había escrito en castellano. Otras en inglés y francés. Los
escritores más famosos como Hemingway, Fitzgerald, Wordsworth, Shakespeare, Le Carré, Flauvert, Chateaubriand,
Balzac, Nerval, Jean de Meun, Thomas Moore, me habían
inspirado. Algunas novelas las había escrito desde el punto
de vista psicológico y social. Yo casi nunca me tomaba vaca-

ciones. Me lo pasaba todo el tiempo estudiando, trabajando, y escribiendo. Me resistía a viajar a mi país, sin haber tenido éxito en todo. Ya había logrado casi todo: Mis estudios, una profesión, y mis novelas. Estaba pensando en publicar las novelas en el verano cuando en Chile era otoño. Pero, no pude resistir más cuando mi padre murió. Sentí que todo lo que había obtenido no tenía la importancia de la vida de mi padre.

–Debería haber venido a Chile cuando él estaba vivo. Mi hija vino a darme la despedida, mi padre tiene que haber pensado cuando me vio –pensé llorando.

Ese día que supe de la muerte de mi padre no me importaban los títulos, novelas, o cosas materiales, tan solo quería estar al lado de mi familia. El cambio fue brusco y me deprimí como lo refleja Van Gogh en su pintura "The Starry Night," en la cual como yo sintió que el mundo se transformaba en un huracán.

Esa mañana, después de pensar en mi padre, desayuné con mis familiares y amigos. En la tarde, nos reunimos en el comedor y cenamos muy tristes, pues se sentía la ausencia de mi padre. A través de los grandes ventanales se veía la neblina, como humo. Estaba lloviznando.

Ese día nos acostamos temprano. Mientras dormía, soñé que veía a mi padre paseando por un jardín. El caminaba entre rosales, jazmines, claveles, y camelias. Sonreía cuando las flores altas le rosaban su cara. Era primavera. Los tallos de las flores crecían y rápidamente se transformaban en flores. Cuando trataba de acercarme a él, mi padre se elevaba flotando en el aire. Su cuerpo estaba cubierto de flores. Yo corría por el jardín mientras el flotaba alrededor de los árboles y enredaderas que colgaban desde los balcones. Después, él se transformaba en flores y luego volvía a ser él de antes.

Desperté llorando. Por un rato pensé en el sueño. Memorias fragmentadas de éste me hacían pensar en el significado de la existencia. Mi padre existía en el mundo de las ideas puras como los pensamientos, lo cual me hacía recordar las ideas filosóficas de Platón y Descartes. Luego, mientras pensaba en el sueño, me acordé de un poema de Gérard de Nerval, en el cual el jardín se transforma igual que en mi sueño. Me quedé dormida otra vez.

Al otro día, me desperté temprano y me quedé en la cama pensando en mi padre. A ratos, escuchaba conversaciones y pasos en el pasillo mientras contemplaba retratos y escenas del campo que colgaban de las paredes blancas. Me levanté como a las diez de la mañana. Mi dormitorio estaba en el segundo piso. La cama era de dos plazas y tenía un cubre cama rosado con frazadas de lana de ovejas del campo. A través de la ventana, se veía que el día estaba bonito, pero hacía un poco de frío.

Después de desayunar, con el resto de mi familia y algunos amigos, caminamos hacia el patio que era nuestro lugar preferido. Afuera, los árboles ya habían perdido algunas de sus hojas café amarillentas que flotaban por el patio. Estas sonaban como papel, pues no había llovido.

Mientras caminábamos por el patio, miramos a los empleados de la casa barriendo las hojas.

–*Guenos días patroncita* –me dijo uno de ellos, poniendo el escobillón al lado.

–Buen trabajo –le dije.

–*Gracia pa serbirla* –respondió.

Seguimos caminando.

–¿Qué pasó con el manzano que estaba aquí? –pregunté.

–Se cortó –respondió, mi hermano mayor, Hugo a quien le gustaba ser admirado por su extravagancia.

Ese día almorzamos como a la una de la tarde en el comedor del primer piso. Los empleados ya habían colocado la mesa que estaba cubierta con un mantel blanco. Dos candelabros de plata hacían juego con el cubierto para cada uno. También, habían platos blancos con servilletas. Paneras con pan, vino, y ensaladas no podían faltar en el almuerzo tradicional de mi familia. Conversando nos sentamos alrededor de una mesa rectangular. Luego, los empleados comenzaron a servir el almuerzo que fue cazuela de pollo con arvejas de la cual salía vapor. Se escuchaba música clásica muy suave. Mi madre conservaba la tradición de servirle su plato de comida a cada uno y no pasar los platos el uno al otro. Ese día la chimenea temperaba el comedor.

–Parece primavera –dijo mi mamá mientras comíamos y el sol entraba a través del ventanal grande.

–Sí –contestó uno de mis hermanos.

–Tiene que ser el veranito de San Juan –dijo mi mamá.

–Aquí es más temperado el clima que en el sur –contestó Yannette quien era rubia y ojos azules como yo, pero más caprichosa.

Mientras se escuchaba el rose de los platos y las conversaciones, yo pensaba que en Yungay caían heladas y hacía mucho frio en ese tiempo.

–Victoria ¿por cuánto tiempo vienes? –me preguntó mi hermano Hugo quien era muy extravagante y optimista.

–Estaré dos semanas –contesté.

–No puede ser –contestó Hugo.

–Si, tengo que irme por mi trabajo.

–¡Quédate más tiempo aquí! –dijo Roberto quien era alto, blanco, rubio, y con grandes ojos azules.

–A parte de mi trabajo quiero publicar otras novelas –les dije.

–¿Por qué no publicas aquí? –dijo Yannette quien era muy sensible y lloraba con facilidad.

–Si, Victoria –dijo mamá.

Al final decidimos que me iba a quedar más tiempo, así podríamos ir a esquiar a Portillo, durante algunos fines de semana.

CAPITULO VI

Esa semana lo pasé con mi familia y algunos amigos. El miércoles de la semana siguiente, el chillido de los grillos me despertó a la salida del sol. Durante un rato, me quedé pensando en mi padre. Mientras más pensaba en él, más me inspiraba para seguir escribiendo la novela que había comenzando en el avión cruzando el Océano Pacífico. Me levanté, subí a la biblioteca, y me senté detrás de mi escritorio donde estaba mi manuscrito. Fue el primer día que escribía en la casa de mis padres los nuevos capítulos de mi novela. Yo me hacía muchas preguntas existenciales mientras escribía. Aquí fue donde mis padres me enseñaron a caminar y donde me vieron crecer. Yo pensaba en el pasado. De vez en cuando, se escuchaban las conversaciones de los empleados.

En un rato, escribí varios capítulos para la novela. Luego miré el jardín a través de un ventanal grande que daba a un balcón. Afuera, algunos rosales todavía tenían rosas blancas y rosadas que se mecían con la brisa de otoño. Más allá del jardín, se le caían las hojas a algunos árboles y flotaban en la cancha de tenis. Los zorzales brincaban cantando en las ramas de los rosales.

–¡Qué bonito es el campo! –me decía.

El jardín tenía una fuente de agua en el medio. Ese día, de ella, chispeaba agua al jardín que la rodeaba. Rato después, uno de los empleados se puso a sacar las hojas de la piscina. No se había dado cuenta que yo estaba en el balcón.

–¿No son bonitas las hojas flotando en la piscina? –le dije.

–*Como usted nomás patroncita* –dijo el empleado graciosamente.

Después que desayuné con el resto de mi familia, salimos a caminar. Se me había olvidado lo helado que podían ser los días de otoño en Chile, por eso, no traje la ropa adecuada. Esa mañana Yannette me presto un chaquetón. Durante un rato caminamos alrededor del jardín.

–Este otoño ha estado muy frío –dijo Yannette.

–No pensé que estuviera tan helado –respondí.

Mi hermana Yannette tenía un perrito blanco llamado Niki que jugaba cerca de mí mientras yo lo acariciaba. A veces yo saltaba asustada cuando éste habría su boca para morderme. Pero, mi hermana me decía que no mordía y tan solo lo hacía de juguetón. Después, el perrito se alejó, y nosotros llegamos al jardín. Cuando habíamos caminado y conversado un rato, las hijas adolecentes de Yannette, Yosy y Kati, llegaron.

–Mamá, ¿nos das permiso para juntarnos con unas amigas? –preguntó Yosi, quien era muy estudiosa, le encantaban los perritos y los niños, y quería estudiar para ser pediatra.

Yannette se enojó al escuchar eso, a pesar que era su hija regalona. Ella era muy estricta con las niñas. Sin duda mi hermana protegía mucho a sus hijas, pues quería que crecieran bien.

Yosi insistió en que le dieran permiso, pero mi hermana le dijo que no lo haría con personas que ella no conocía.

–Eres muy egoísta, mamá –dijo Yosi furiosa.

Luego, Yosi se puso a llorar y caminó rápido hacia la casa. Mi madre la vio llorar y le preguntó que le pasaba. Yosi le contó que Yani no le había querido dar permiso. Mi mamá quiso darle permiso, pero después pensó que se disgustaría con Yani. Mi mamá le explicó a mi sobrinita que Yannette no le había dado permiso por protegerla de malas amistades. Yosi entendió y subió a la biblioteca a leer un libro.

Mi hermana me había dicho que a sus dos hijas les fascinaba destacarse en sus estudios y pasaban con muy buenas notas. Ella de chiquititas las había motivado a ser bien estudiosas y bondadosas.

Ese día mi hermana me dijo que sus hijas la colocaban nerviosa cuando ella les prohibía los permisos.

–Quiero mucho a mis hijas, pero se sienten muy incomprendidas porque no les acepto que salgan con sus amigos –dijo Yannette preocupada.

–Las niñas adolecentes se colocan muy rebeldes ya que están en un período de desarrollo cognitivo, social, y emocional entre niñez y madurez –dije.

Yo como psicóloga le decía que todos los padres pasaban por situaciones similares con sus adolecentes.

–A veces les compro ropas, pero nunca se las colocan –dijo Yannette.

–Otros padres dicen cosas similares de sus adolecentes –dije.

Mi hermana, Yannette, se sintió mas tranquila después que conversamos.

Luego, llegó mamá quien era rubia como nosotras y se preocupaba mucho por su jardín. Ella cantaba mientras miraba sus flores o plantaba semillas. Le gustaba mucho la naturaleza.

–Hijas hoy día van a podar los rosales –dijo mi mamá.

Ella me contó que sus rosales se le habían dado muy buenos ese año. Todavía quedaban algunas rosas. Mamá nos dio bombones y reíamos mientras comíamos y conversábamos.

–¡Qué ricos son estos bombones! –dije.

–Los compramos en Francia –dijo mamá.

Mi madre había ido al Santuario Lourdes, en Francia, para pedir por la salud de mi padre. Me había contado que habían pasado al palacio de Luis XIV y que le había fascinado la extravagancia del palacio con sus jardines y su dormitorio con paredes enchapadas en oro. Ellos también durante su matrimonio habían visitado el palacio de Buckingham en Londres, Inglaterra.

Luego llegó mi hermano Roberto a quien se lo peleaban las mujeres, pues lo encontraban elegante, inteligente, buen mozo, y buen partido. Pero él se preocupaba más del fundo de mis padres que de las mujeres. Nosotros le decíamos que se tenía que casar luego y no quedar para solterón. A él le gustaban las mujeres intelectuales que no tan solo se preocuparan en la ropa y el maquillaje.

Después fuimos a la cancha de tenis. El camino estaba resbaloso. El día anterior, en la tarde, había chispeado. Más tarde, mientras regresábamos a la casa, la puerta de ésta se abrió y salió un empleado. Nos iba a decir que el almuerzo estaba listo.

Adentro de la casa nos sentamos al comedor. Ese día la chimenea la temperaba. Sobre la mesa, con mantel de bordados blancos había paneras con pan y botellas de vino tinto. Todavía existía en la casa, la costumbre de servir a la redonda. En otras familias, colocaban los asados en fuentes grandes y cada cual sacaba en su plato lo que deseara comer. Mi padre sentía pasión por la tradición. Mientras conversábamos, los empleados nos servían la comida.

Ese día, mamá había ordenado cazuela de pollo con arvejas, asado de vacuno con ensalada de espinacas, tomates, y postre de duraznos con chocolate y nueces. Como antes, en la casa siempre se comía comidas nutritivas. Las proteínas eran muy importantes. Mi madre nos decía que la comida era para nutrirse y no tan solo para disfrutar de su gusto. Durante la comida recordamos a mi padre.

–Deberías de haber venido cuando mi padre estaba bien –dijo mi hermana Magaly.

–Sí –contesté un poco ofendida.

–Fuiste una ingrata de no haber visitado por tanto tiempo a tus padres –dijo Magaly enojada.

–Victoria, tiene que haber estado muy ocupada por eso no vino antes –dijo mamá, pues no quería ver a sus hijos disgustados.

–Si, tienes razón –dije sintiéndome culpable de no haber venido antes. Casi se me caían las lágrimas mientras pensaba que era una de sus hijas menores y a lo mejor mi ausencia le había causado su muerte.

–Creo que mi padre habría durado un poco más si se le hubiese tratado mejor –dije.

–Como puedes decir eso Victoria cuando tú ni siquiera viniste ha verlo por años –dijo Yannette furiosa.

–Lo siento –dije.

–Mi padre tenía enfermeras, pero yo con mis manos lo cambiaba porque el se hacía de todo –dijo Yannette llorando.

A mí me rodaron las lágrimas por mis mejillas, pues no sabía que mi padre estaba tan mal.

–Hijos, tu padre ahora esta en el alto cielo de nuestro señor y por eso quiere que sus hijos estén unidos y no se peleen –dijo mi mamá.

Después, una a una nos paramos de la mesa. Volvimos a

caminar alrededor de la casa. Mientras caminábamos, los perros movían sus colas. Recordaba episodios de mi niñez. Ellos me hacían sentirme feliz y también triste. Sentía los dos extremos de esas emociones, mientras miraba lo que había alrededor y conversábamos. La casa estaba tan grande como la recordaba. El sonido del otoño era el mismo. Por un rato, recordé los sembrados verdes que rodeaban la casa en tiempo de primavera. Después, pensé en los tiempos de la trilla.

La casa estaba casi igual que antes. Uno de los cambios que noté, fue que habían plantado más árboles. Unos duraznos que mi padre había plantado todavía tenían algunos. Todos los árboles estaban más altos. Mientras caminábamos recordábamos nuestra niñez vivida junto a nuestro padre.

–¿Te acuerdas Victoria, que ustedes se subían a ese cerezo? –dijo mi mamá mirando el árbol.

–Sí, claro que sí –sonreí.

Todavía quedaban algunas cerezas. Uno de los empleados se subió a sacar algunas. Era una costumbre comer la fruta encaramadas en los árboles frutales.

–Papá cuidaba mucho sus duraznos –dijo Yeannete.

–¡Si!... muchísimo. El hizo esta quinta –dijo Roberto a quien le gustaba mucho la naturaleza como a los poetas románticos.

Mi papá parecía que mecía las ramas de los duraznos.

–Victoria, planté hartos duraznos –recordé haber escuchado a mi padre, una de las últimas veces que conversé con él por teléfono.

–Tu papá se contentaba cuando se imaginaba que tú y tus hijitos, hablando inglés, se comerían sus duraznos –dijo mamá sonriendo.

–Sería bueno que tuvieras un gringuito o una gringuita,

me dijo mi papá, en una de las varias veces que conversamos por teléfono –dije.

Los perros contentos, trotaban y movían sus colas alrededor de nosotros.

–Tu padre quería ver a todos sus hijos, con hijitos –dijo mi mamá.

–Mi padre era muy cariñoso con sus nietos –dijo Yannette.

–Desde el alto cielo de Nuestro Señor Jesucristo, te ayudará para que tengas hijitos, Victoria –dijo mi mamá.

–Ojalá. Dios y María Santísima lo quieran –contesté.

Durante esa semana, después que escribía varias horas en la mañana, desayunaba con el resto de mi familia. Luego seguía escribiendo. Mi meta era escribir la novela y alcanzar a publicarla. A veces dejaba que el frío me inspirara como Hemingway lo había hecho en sus mejores novelas. Otras veces encendía la chimenea.

CAPITULO VII

Una mañana de esa misma semana, mientras desayunábamos, Karincita, mi sobrina, hija de Magaly, quien era alta,
tenía pelo largo rubio, y ojos azules llegó con sus dos hijos:
Monserrat de seis años a quien llamábamos Monchi y Matias
de siete a quien llamábamos Mati.

–Mi nieta con sus hijitos –dijo mamá parándose de la
mesa para saludarlos.

Los niños corrieron a saludar a mi mamá con un abrazo
y beso.

–Saluden a su tía Victoria en inglés –dijo mamá a sus
bisnietos.

–Hi, auntie Victoria –me dijeron los niños, abrazándome.

–Hi, Monchi and Mati, how are you? –contesté
cariñosamente.

En la casa, todos nos preocupábamos de que los niños
hablaran inglés. Su abuelo, que era médico, les compraba
muchos libros de inglés y los hacía hablar en ese idioma.

Desayunamos juntos. Después salimos a dar una vuelta
alrededor de la casa. Caminamos por el lado de unos árboles
altos que rodeaban el jardín. Algunos pájaros salían volando

del pasto al oírnos venir. Sonreímos cuando escuchamos a un hijo de un trabajador que silbaba muy harmonioso imitando el canto de un zorzal.

–Estos niños conocen muy bien el comportamiento de los pájaros –dije.

–Sí –contesto Karincita.

Los perros trotaban alrededor de nosotros mientras conversábamos.

Caminamos hasta el jardín. Allí nos sentamos en un escaño verde. Los niños jugaban y reían alrededor nuestro. Monchi andaba con su perrito. Ella con su hermano, jugaban con él.

–¡Mira Mati! –dijo Monchi, gritando alegremente.

–¿Qué? –contestó Mati con curiosidad.

–Ese nido –dijo Monchi apuntándolo. Mati corrió a sacar los huevos con curiosidad.

–No cariño, no los saquen –dijo Karincita deteniéndolos. Los niños corrieron a su lado y Karincita los besó. Mati y Monchi siguieron jugando, riendo, y gritando por el jardín. Luego cortaron claveles para competir quien tenía más. Después, los dos niños se sentaron en el pasto verde, salpicado de hojas. Ellos colocaron los claveles en hileras, sobre el pasto y se hicieron preguntas.

–¿Cuántas flores hay? –le preguntó Monchi a Mati.

–Cinco.

Mi padre les había enseñado la lógica del razonamiento, de la relación de la inversión entre la suma y la resta. A veces mi padre usaba chocolates para demostrarles la relación inversa (a+b-b=a).

–¿Cuántas flores hay ahora? –preguntó Mati cuando agregó cinco.

–Diez –contestó Monchi en alegre griterío.

Después cortaron diferentes flores y las colocaron en hileras.

–¿Cuántas flores son del mismo color? –preguntó Monchi, cuando a cuatro claveles blancos les agregó un pensamiento rosado.

–Cuatro claveles.

–¿Cuántos hay ahora del mismo color? –preguntó Monchi cuando ella le agregó seis claveles blancos.

–Diez.

Monchi gritaba de alegría y le daba un beso en la mejilla a Mati cuando el sabía la respuesta. Otras veces, ella aplaudía y le decía: –¡excelente Mati! –Monchi había aprendido de los grandes a reforzar un buen comportamiento.

–Me acuerdo que papá nos enseñaba a entender la aritmética demostrándonos y viendo las transformaciones –dije.

–En este jardín aprendimos la esencia de la lógica del razonamiento de las matemáticas –dijo Yannette.

Mirando los árboles recordamos como mi padre nos enseñaba a contar sin números.

–¿Qué árbol es más grande? –nos preguntaba mi papá cuando nos hacía comparar árboles –dijo Yannette.

Cuando mi padre se daba cuenta que sabíamos contar sin números, después nos enseñaba a contar con números. Nos enseñaba la correspondencia entre uno y muchos, por ejemplo, nos decía para hacernos razonar:

–Si hay tres floreros y cada uno tiene cuatro claveles, ¿Cuántos claveles hay en total?

Cuando no sabíamos la respuesta, nos decía que colocáramos los floreros en hilera y las flores sobre cada florero para encontrar la respuesta.

Seguimos caminando, mientras miraba la muralla del jardín cubierta de enredaderas y salpicada de flores, yo me acordé que cuando era niña había escrito la propiedad conmutativa y asociativa de la suma y de la multiplicación allí. Con curiosidad me paré y caminé hacia la pared del jardín.

–Todavía está lo que escribí –dije sonriendo mientras levantaba las enredaderas con flores.

–¿Qué? –respondió mi mamá sonriendo con curiosidad.

Yo le mostré lo que había escrito en la pared.

Como la pared del jardín estaba casi siempre cubierta de enredadera, no se habían dado cuenta.

–¡Qué interesante! No, me había dado cuenta – contestó mamá sorprendida.

Monchi y Mati corrieron en alegre griterío a ver que estábamos mirando.

–(a+b) = (b+a) –leyó Monchi.

–¿Qué significa? –pregunté.

–Es la propiedad conmutativa de la suma.

–¡Bravo! –nosotros aplaudimos.

Mati continuó leyendo afanadamente lo que yo había escrito en la muralla del jardín.

–Es la propiedad asociativa de la suma (A+(b+c) = (a+b)+c) –gritó de alegría Mati cuando levantó las enredaderas.

Después, yo les pregunté si entendían otra propiedad.

–¿Qué propiedad es esta a+b-b=a? –pregunté.

–Es la propiedad de la relación de la inversión entre la suma y la resta –dijo Mati saltando y sintiéndose triunfador.

–¡Excelente! –dije felicitándolo con un abrazo.

Enseguida, seguimos paseando. Después que salimos del jardín, caminamos entre los mimbres que estaban por el lado de la cancha de tenis. La estaban barriendo. Las ramas de los mimbres nos hacían cosquillas cuando las rozábamos. En esa época se acumulaban en el suelo, muchas hojas caídas de los árboles. Los niños corrían al lado de nosotros, jugando.

Los pájaros se paraban alrededor de la fuente de agua del jardín. Esta tenía figuras de delfines y de su boca salía agua. En ese tiempo, la fuente se cubría de algas verdes con el cambio de clima.

–Los dos niños están en el período preoperacional que va desde los dos años hasta los siete, pero ya saben razonar como si estuvieran en la cuarta etapa –señalé.

–Es interesante –respondió Karincita.

–Para Piaget, las primeras semanas de una guagua son muy importantes.

–Sí, ¿por qué, tía?

–Los niños adquieren sus primeras esquemas de conocimientos a través de sus acciones y reflejos.

Yo le expliqué que esas primeras esquemas o estructuras con conocimientos eran la base para adquirir nuevos conocimientos.

–Sabe tía que me encanta la psicología.

–Deberías estudiar eso.

–Sí, el próximo semestre quiero retomar mis estudios.

Mientras conversábamos, percibimos olor a empanadas. Luego apareció un empleado con un canastillo. Nos traía empanadas recién hechas. Fue una agradable sorpresa.

–*Guenas tardes*, ¿cómo están los patroncitos? –Nos dijo mientras se aproximaba al lado de nosotros.

–Bien, gracias –dijimos–. ¿Qué nos trae?

–*Una de sus comias favoritas* –contestó sacando empanadas envueltas en servilletas.

–Muchas gracias –contestamos a coro.

Abrimos los paquetes y comenzamos a comerlas.

–Mmm..., están riquísimas –dijo Karincita.

Los niños sentados en el pasto verde, salpicado con hojas de los árboles, también comieron sus empanadas. Cuando a los niños les corría el jugo de estas por las mangas de sus buzos, el empleado los limpió.

–Cariño coman con cuidado –dijo Karincita a sus hijos.

–Sí mamá –contestaron ellos.

Entonces continuamos la conversación.

–Piaget es un poco rígido en su teoría del desarrollo cognitivo de los niños –dijo Karincita.

–Si un poco.

–Tía, ¿Cuáles son los cuatro períodos del desarrollo de los niños de acuerdo a Piaget?

–El sensorial desde el nacimiento a dos años, el preoperacional de dos años a los siete, el concreto de los siete a los once años y el período formal de los once a los quince años.

–Entonces mis hijos están en el período preoperacional.

–Sí.

–Yo pensé que estaban en el formal.

–Ese período viene después, de acuerdo a Piaget.

–Pero mis hijos ya saben razonar.

–Por eso la teoría de Piaget es controvertida.

Después que comimos las empanadas, los niños se pararon a jugar. Nosotros seguimos conversando. Ese día la brisa estaba tibia. En las mañanas amanecía helado.

–¿En el período concreto, tienen los niños la habilidad de clasificar objetos? –preguntó Karincita.

–Pero objetos que están presentes –dije.

–Entonces en el otro, los niños puede razonar de cosas que no están presentes?

–Así es.

–Muchos estudios cognitivos experimentales con niños han señalado que estos pueden razonar mucho antes de lo que dice Piaget.

–Lo mejor es estimular a los niños cognitivamente.

–Así ellos aprenden a razonar y desarrollar su habilidad para aprender.

Un rato después, seguimos caminando y conversando. Más adelante, nos detuvimos un rato en la huerta. Todavía quedaban tomates.

–¿Sacamos algunos? –pregunté.

–Sí, claro –dijo mi mamá.

Los niños sacaron tomates y siguieron compitiendo entre ellos, sobre quien contaba mejor. En hojas secas colocaron los tomates, en hileras. Monchi los cubría con su chaleco rosado cuando restaba y sacaba su chaleco cuando sumaba. A los niños les encanta aprender jugando.

La brisa tibia mecía el follaje de los árboles altos. Cuando comenzó a lloviznar volvimos a la casa. El esposo de Karincita, un Capitán de Aviación, ya había llegado.

Almorzamos juntos. A través de la ventana, el sol entraba y ya no estaba lloviznando. En la tarde, fuimos a buscar a las hijas de Yannette al Colegio María Inmaculada de Concepción. Al frente del colegio, divisamos a Yosi y Kati conversando con unas amigas. Vi que mis sobrinas como su madre se distinguían con su piel tan blanca, ojos verdes, y pelo rubio. Las mejillas de mis sobrinitas se veían rosadas cuando corrieron hasta nosotros. Pensé que así me tengo que haber visto cuando iba al colegio con Yannette quien era dos años menor que yo. Ellas también habían aprendido muy bien la esencia de la lógica del razonamiento de la aritmética.

En la tarde salimos a caminar. Mientras caminábamos hacia la piscina me di cuenta que todavía quedaban zarzas con moras en las paredes de ésta. Al lado de la piscina, nos sentamos en unas reposeras que en esa época cubríamos con una cretona celeste con blanco. Ese día, el sol brillaba.

–Mami tengo hambre –dijo Monchi, mientras jugaba con su hermano Mati.

Regresamos a la casa. En varias oportunidades nos encontramos con empleados que caminaban por el patio. Adentro de la casa, se sentían las conversaciones entre mis hermanos y mi mamá. Algunos habían ido a sus trabajos y otros regresaban. En la casona había un dormitorio para cada uno, a pesar que cada uno tenía su casa grande.

Karincita tenía la costumbre de bañar a sus niños antes de cenar a pesar que tenía una nana que se ocupaba de ellos. Esa tarde la acompañé. Con los niños de la mano, caminamos por el corredor que daba al baño de sus dormitorios.

Los bañamos mientras ellos jugaban con el agua. El baño era grande y antiguo. La tina estaba al lado de un ventanal con vista hacia la piscina y el jardín. Del techo colgaba una lámpara de cristal para niños. Las murallas blancas tenían imágenes infantiles. El piso de mármol rosado brillaba. El mueble del baño, cubierto con mármol, crema rosado, cubría todo el ancho de la pared del baño. Después que bañamos a los niños, los llevamos a sus dormitorios. Las paredes blancas parecían recién pintadas. Ellas me recordaban una pintura que había visto en un museo. Las camas de los niños estaban frente a un ventanal grande con vista al jardín y la piscina. Al lado derecho de los dormitorios de los niños había un estante con juguetes para el desarrollo cognitivo.

Después, cenamos con el resto de la familia. Los grandes se quedaron conversando mientras los niños se fueron a dormir. Esa noche, después de cenar nos quedamos en el living y un empleado nos sirvió un rico coñac.

–Victoria, estamos felices que estés con nosotros –dijo Hugo, mi hermano mayor.

–Yo también –sonreí.

Me llevaba muy bien con Hugo porque era cariñoso, pero un poco celoso con sus hermanas menores.

Rato después, algunos se fueron a acostar, mientras los demás, nos quedamos conversando. Esa noche subí a la biblioteca y seguí escribiendo. Yannette subió luego. Ella estaba leyendo un libro.

CAPITULO VIII

Al otro día, después que desayunamos, subí a mi dormitorio y abrí el ropero en el cual aún, después de los muchos años transcurridos, mi ropa de niña seguía guardada. El ropero tenía olor a húmedo. Miré mis vestidos floreados y escotados de cuando era adolescente. Tomé uno floreado. Era mi favorito. Ahí estaba el vestido que fue testigo de mis primeras seducciones. Luego saqué otro vestido de seda floreado con rosado y blanco y otro amarillento con blanco. Tiré un montón de ropa sobre la cama. Tomé un vestido rosado. Me lo probé y me quedó bien. Sonreía mientras caminaba de un lado para otro. Me sentí otra vez como una adolescente. Era escotado, de verano. Me llegaba hasta las pantorrillas. En los hombros, el vestido tenía un tirante a cada lado. Sentí mis hombros mucho más jóvenes a pesar que todavía tenía como veintinueve años.

Mientras recordaba mi adolescencia, sentí las voces de los niños de mi sobrinita Karincita. Los niños jugueteando, caminaban por el pasillo. Mientras se aproximaban a su dormitorio, escuché sus voces otra vez.

–Tía Victoria, ese vestido le queda súper bonito –exclamó mi sobrinita cuando apareció en la puerta.

Yo sonreí y le dije, –Gracias, es de cuando yo era más joven.

–Tía, se ve súper bien, súper bonita.

A ella siempre le gustaba hacer sentirse bien a las personas. Sus hijos eran bonitos, igual que ella. Ella había estudiado leyes por dos años, pero después que se embarazó cuando se casó, postergó sus estudios. Luego iba a continuar estudiando. Tenía una gran personalidad y podría usarla como abogada. También, le gustaba viajar al extranjero, sobre todo a Australia.

Mientras conversaba con Karincita, los niños se subieron a la cama. Cuando ella escuchó que saltaban sobre un montón de ropa, les habló:

–No cariños, ¡bájense de la cama!

–Déjalos que jueguen –respondí sonriendo.

Los niños reían mientras saltaban, pero Karincita les dijo que no siguieran saltando.

Por la ventana, escuché que alguien preguntaba: –¿Dónde están los niños ?

Mi sobrinita caminó hacia ella, la abrió, y vio a la nana de ellos.

–Brenda no te preocupes… los niños están con nosotros.

–Está bien, señora.

Un rato después, los niños se sacaron los zapatos y corrían por el pasillo que daba al segundo piso. Cuando comenzaron a correr por las escaleras, caminamos al living y encontramos a Yannette con mi mamá en la terraza. Acordamos ir a caminar en el jardín.

–Niños vamos a caminar en el jardín –dijo Karincita.

Los niños corrieron al living jugueteando y gritando de contentos a donde estábamos.

Bajo el techo alto del pasillo de mármol, caminamos

con los niños hacia el jardín. Pero luego los niños corrían y saltaban delante de nosotros.

–Hi, auntie, Victoria, how are you? –me dijo Monchi en inglés.

–Fine, thank you, and you?

–Very well.

A los dos niños les encantaba hablarme en ese idioma.

Afuera, caminamos por un pasillo de piedra tallada hacia el jardín. Allí los pájaros cantaban.

–A mi padre le encantaba caminar por el campo y el jardín –dijo Yannette.

Luego, mientras mirábamos la casa familiar que parecía un edificio, recordamos tiempos de navidad.

–Para navidad, a mi padre le gustaba decorar el árbol de pascua –dije.

–¡Si! el olor a Navidad se sentía en toda la casa –dijo Yannette.

–Desde el jardín, a través de las ventanas abiertas, se veía un tremendo árbol de pascua en el living –recordó mi mamá.

Los niños corrían a nuestro alrededor mientras conversábamos. Las hijas de Yannette conversaban con nosotros. Los pájaros cantaban en los árboles cercanos. Por un rato conversamos de cómo lo pasábamos para Navidad.

–Para los trabajadores era una gran alegría decorar los árboles de pascua con mi papá –dijo mi hermano menor, Roberto.

–Ellos sabían que el patrón colocaba en el pie del árbol de pascua, regalos para cada uno de ellos –dijo mi mamá.

Recordamos a mi padre que era tan tradicionalista y muy cariñoso.

–*Le fils de la Vierge, l'agneau blanc* tiene que tener a mi padre en el "Le Park du Champ joli –dije.

–Si, en el paraíso celestial y eterno que la Virgen María tiene para todos los creyentes y seguidores de su hijo Jesucristo, l'agneau blanc –dijo Yannette.

–Es mitología cristiana que ha inspirado a muchos escritores –dijo mamá quien era profesora de inglés.

–Me encanta ese poema francés –dije.

–¿Quién lo escribió? –preguntó Yannette.

–Jean de Meun, escribió la segunda parte del poema "Le Romance de la Rose," "El Romance de la Rosa" –dije.

–Ah, si –dijo Yannette.

–Me gusta ese poema porque esta lleno de imágenes de la naturaleza y la extravagancia de la edad media Europea –dijo mamá.

–A mi también me gusta mucho la tradición cortés que muestra el poema –dije.

–Las descripciones de los jardines con sus fuentes de agua en el medio, son muy elegantes –dijo Yannette.

–Sí, sobre todo la fuente milagrosa que hay en el jardín de la Virgen María con el cordero blanco a la entrada –dije.

–¿Por qué? –preguntó mi hermana.

–Dicen que la persona que se mira en el agua de la fuente es bendecida con buena salud para siempre –dije.

–Es similar al agua de la vertiente de la virgen de labore en Francia –dije.

Rato después, nos paramos y seguimos conversando. Luego regresamos a la casa a la hora del almuerzo.

–La casa se mantiene muy bien –dije.

–Sí, la renovaron –contestó Karincita.

Los empleados nos miraban y sonreían mientras limpiaban los ventanales del primer y segundo piso.

Cuando íbamos llegando a la casa, la puerta de entrada se abrió y salió una de mis hermanas mayores.

–¿Cómo estuvo el paseo?

–¡Estupendo! –respondí.

Ese día hacía un poco de frío. Mientras caminábamos en el corredor con los niños hacia sus dormitorios, primero uno y después el otro, nos preguntaron si podían bañarse en la piscina.

–No cariño –respondió Karincita.

–¡Pero mamá! –exclamó Monchi.

–En el verano podrán hacerlo –contestó Karincita.

–Si, mamá –respondieron Monchi y Mati.

Una vez en la casa, fuimos a sus dormitorios a buscarles ropa para cambiarlos. Mientras lo hacíamos, escuchamos voces. Las hijas de Yannnette caminaban conversando por el pasillo hacia el comedor. Después que les cambiamos la ropa a los niños, nos fuimos al comedor a almorzar. Nos sentamos alrededor de la mesa.

–¿Victoria, cómo lo estás pasando? –preguntó mi mamá.

–Bien, mamita –respondí.

–Los niños andan fascinados con la tía de los Estados Unidos –dijo Karincita.

Yo le di un beso a cada uno y ellos me dijeron:

–La quiero mucho tía, Victoria.

–Háblenle en inglés a su tía –les dijo Karincita.

–I love you, auntie –dijo Monchi riendo de contenta.

–Thank you… very much –contesté.

Esa tarde cenamos juntos. Los niños me mostraron sus libros en inglés y me leyeron algunas páginas. Ellos comenzaron a aprender inglés desde que balbuceaban sus primeras palabras. No tenían ningún acento. También, en el colegio donde estudiaban, les hacían hablar en Inglés frecuentemente. Yo les enviaba los libros en inglés que escribía.

Esa noche, antes que los niños se fueran acostar, acordamos

ir a Portillo a esquiar el viernes de ese fin de semana. Los niños esperaban ansiosos que llegara ese día.

–Hay que vestirse bien abrigados –dijo una de mis hermanas.

–Tendré que comprarme ropa de esquiar –dije sonriendo.

Mi hermana que tenía una fisionomía casi igual que yo me dijo que ella me prestaría un buzo de esquí.

–Bueno, muchas gracias –respondí.

Pero igual fuimos al Parque Arauco a comprarnos ropa antes de ir a esquiar.

CAPITULO IX

El fin de semana fuimos a Portillo. Era viernes. Nos levantamos temprano, acomodamos las cosas en el jeep y partimos. El cielo estaba azul y el sol se veía por todas partes. Ese día había mucho tráfico y se sentía el bullicio de la ciudad. El jeep avanzaba rumbo al centro de esquí. Una hora más tarde tomamos la carretera. Conversando, no nos dimos cuenta como avanzábamos. Horas después, subimos bordeando un cerro ondulado al centro invernal. A la orilla del camino se veían hojas secas pegadas al cemento.

Daba escalofríos mirar hacia abajo de la altura del barranco. La subida hacía patinar el jeep. A través de las ventanas se veía la nieve sobre las cumbres de los cerros ubicados al alrededor.

Rato después llegamos a Portillo. Estacionamos el jeep y bajamos. Los empleados del hotel nos vinieron a encontrar. Ellos tomaron los bolsos que sacamos del portamaletas y caminaron al lado de nosotros hacia adentro. Teníamos reservación para ese fin de semana. Después que nos chequeamos, pasamos a nuestras habitaciones. Los empleados dejaron los bolsos al lado de un ropero y nos indicaron donde estaban las cosas en las habitaciones. Una vez que ellos salieron, miramos alrededor y acomodamos la ropa en el closet. Las habitaciones eran cómodas. Las camas eran grandes con cubre camas celestes. En una de las paredes blancas, colgaba una pintura de esquiadores en Portillo. Al frente de la puerta de entrada, había ventanales grandes que cubrían casi toda la pared. Del techo de las habitaciones colgaban lámparas. Durante un rato, nos paramos al frente de la ventana y miramos. Afuera se veía la Laguna del Inca, totalmente congelada y esquiadores que caminaban con sus esquíes. Más allá, se veían cerros y más cerros, todos cubiertos de nieve.

Después de desayunar, nos pusimos ropa para esquiar y subimos a los andariveles. Ese día, Portillo estaba solitario. Recién había comenzado la temporada de esquí. Esquiamos un rato y cuando nos cansamos volvimos al hotel.

Ese día comimos un rico almuerzo. Mientras almorzábamos, noté que un hombre buen mozo, de piel blanca, de ojos azules, alto, en suma un hombre atractivo, me miraba. Mi hermana me había dicho que se llamaba Pierre Lovell. Pero, yo le dije a mi hermana, Yannette, que alguien la estaba mirando a ella de otra mesa.

–Alguien te mira –le dije disimuladamente.

–Como soy abogada muchas personas me conocen –contestó.

Con discreción miré a la persona que miraba hacia nuestra mesa. El justo me estaba mirando y nos sonreímos. Un rato después, Pierre se paró con el pretexto de saludar a mi hermana para conocerme.

–Hola Yannette –dijo.

–¡Qué sorpresa, no me había dado cuenta que estabas aquí! Te presento a mi hermana Victoria que viene llegando de los Estados Unidos –dijo Yannette.

–Mucho gusto –contesté y el me dio un beso en la mejilla. Luego saludó a mis otras hermanas, hermanos, sobrinas, y a mi mamá.

–¡Qué sorpresa, Pierre! –dijo Yannette otra vez.

–¡Yo ando solo! –contestó Pierre con una sonrisa amorosa.

–¿Por qué no nos acompañas? –dijo Yannette.

–Me gustaría, pero tengo mi almuerzo allá –contestó.

–Vamos a esquiar juntos en la tarde –dijo uno de mis hermanos.

–Claro –contestó Pierre.

Cuando un garzón pasó por el lado de Pierre, éste le dijo que trajera su plato a la mesa de nosotros.

Mientras comíamos Pierre insistentemente me miraba con sus ojos azules y seductores. Pensé que tenía descendencia inglesa por su elegancia.

–¿Cómo encuentra el centro de esquí? –me preguntó Pierre.

–Me encanta –respondí.

–Aquí se puede ver el cielo despejado –dijo uno de mis hermanos.

–Es increíble el nivel de smog que hay en Santiago –dijo Magaly a quien le gustaba mucho ir a esquiar y a las termas.

También se escuchaba a otros esquiadores que conversaban en el restaurante del hotel.

–¿Por cuánto tiempo viene a Chile? –preguntó Pierre después que le dije que venía de Honolulu.

–Por dos meses –respondí.

–Aprovechará de disfrutar Chile –contestó con una sonrisa seductora.

–Si, pero volví a Chile por mi padre. Acaba de fallecer –contesté un poco deprimida.

Seguimos conversando. En la tarde, volvimos a esquiar. Mientras lo hacíamos Pierre me dijo:

–¿Le costó mucho aprender a esquiar ?

–No –contesté.

Yo le dije a Pierre que no me tratara de usted, pero que me dijera Victoria.

–Sí, Victoria –dijo Pierre amablemente.

Durante un rato conversamos sobre el aprendizaje de esquí. Pierre dijo que había aprendido a esquiar cuando era chico por eso le fascinaba ese deporte.

–A mi también, de chica, me ha fascinado de esquiar – comenté sonriendo.

–Luego cuando estudié psicología por un semestre en la Universidad Católica, me interesé más en los efectos del deporte –dijo Pierre.

–¿Y qué estudiaste después? –pregunté.

–Periodismo y ¿ tú ? –contestó Pierre.

–Yo estudié psicología, literatura inglesa y francesa.

–¡Qué interesante! –contestó Pierre.

Luego, grité cuando me resbalé y casi me caí, pero Pierre rápidamente me sujetó firme el brazo para no caer y casi me dio un beso.

–Gracias, Pierre –dije riendo.

–Como un caballero estoy para protegerte –dijo Pierre.

Me di cuenta que le gustaba. Yo no podía creer que él a mí también me gustase y que lo encontraba muy buen mozo.

–Hacía años que no esquiaba –dije sonriendo mientras entusiasmados seguimos esquiando para un lado y otro. En la cumbre del cerro estábamos nosotros y otras personas. Ese día, la pista de esquiar estaba casi despejada. Desde la cumbre, vimos a diversas personas que estaban aprendiendo a esquiar. Yo me decía que Pierre era un hombre muy simpático y gracioso.

–Podrías enseñarles a esos estudiantes de esquí como aprender a esquiar más rápido –dijo Pierre.

–¡Sí! –contesté fascinada.

–¿Dónde estudiaste psicología? –me preguntó.

–En la Universidad de Cambridge –respondí.

–¿Cambridge?

–Si –dije.

–Es una de las universidades más prestigiosas del mundo –dijo Pierre.

–¡Sí! por eso decidí estudiar ahí.

La nieve estaba resbalosa. Reíamos cuando corríamos esquiando. El cielo azul estaba despejado. Alrededor se veían barrancos. Daba vértigo y miedo resbalarse. A veces pensaba en la novela "Mi Padre" que comencé a escribir durante el vuelo a Chile. Sentía calor esquiando a pesar de que hacía frío.

–¿Te gusta esquiar? –me preguntó Pierre con galantería.

–Sí, muchísimo –respondí sonriendo.

Yo estaba un poco deprimida, pero me sentí contenta cuando esquiaba al lado de Pierre y nos mirábamos sonriendo. Sabía que la dopamina me estaba causando un estado eufórico o un sentimiento de felicidad como el enamoramiento a causa del ejercicio físico.

Después, cuando otra vez casi me caí, Pierre me tomó firme de mi brazo para sujetarme. Nos miramos a los ojos y reímos como niños juguetones. Luego seguimos esquiando. Pierre pensaba que yo era el amor de su vida. Cuando vio que un esquiador me miraba insistentemente, Pierre me miró celoso a pesar que nos estábamos recién conociendo. A veces me miraba mis mejillas rosadas y labios, pero yo finjía que no me daba cuenta. Cuando habíamos esquiado por algunas horas, nos dio hambre.

–¿Podríamos regresar a cenar? –dijo una de mis hermanas cuando vino al lado de nosotros.

Corrimos esquiando al andarivel. Desde la cumbre del cerro se veían otros esquiadores en los cerros cubiertos de nieve. La montaña blanca me hacía recordar los poemas de Wordsworth, le Mont Blanc o montaña blanca, en el poema, describe la experiencia sensorial y las ideas puras de la mente que no necesitan la dicha experiencia.

Cuando llegamos al andarivel, subimos en grupo. Se escuchaban risotadas, gritos, y conversaciones.

–Te ves muy bonita con el buzo de esquí –me dijo Pierre, cuando subimos al andarivel y miró mis ojos azules. Yo agitada, sonreí.

Luego, en grupo caminamos hacía el hotel. En nuestros dormitorios, nos sentamos en la cama sacándonos la ropa de esquí. El hotel estaba temperado. Luego, retornamos al restaurante del hotel y cenamos todos juntos.

Durante la cena, Pierre me miraba seductor mientras conversábamos. Le conté que estaba escribiendo una novela.

–¡Qué interesante! –dijo Pierre.

–Espero que les guste –respondí.

–No es la primera que escribe –dijo una de mis hermanas.

–¿Qué otras has escrito? –me preguntó.

–Varias entre ellas escribí, Mi Amor Más Alla del Labarinto –dije.

–¿En inglés? –preguntó Pierre.

–Sí.

Se escuchaba música clásica mientras comíamos y conversábamos. Estábamos, en una mesa ubicada al lado de un ventanal que tenía una hermosa vista a la Laguna del Inca. Había ventanales grandes y una gran lámpara colgada del techo. Ese día no había mucha gente.

–Cuando miro la nieve, pienso en un poema inglés que dice que los témpanos suenan cuando se desprenden y caen –dije.

–Ah, tiene que ser *El Anciano Marinero* de Coleridge –dijo Pierre sonriendo.

–¿Cómo lo sabías? –pregunté con curiosidad.

–Estudié en Inglaterra cuando era niño –dijo Pierre.

–Por eso hablas inglés con acento británico – respondí.

–Sí –contestó Pierre.

Esa noche, nos quedamos conversando hasta bien tarde. La mañana siguiente, desperté antes de que saliera el sol. Cuando miré a través de la ventana, vi mucha nieve y neblina. Durante un rato, miré la nieve mientras pensaba: –Esta será una de mis mejores novelas–. Como estaba cansada, me volví a quedar dormida y soñé que iba llegando en un Rolls Royce a una librería de una Universidad que yo había construido. En la librería firmaba autógrafos en una mesa cubierta de ejemplares de mi novela. Muchas personas en grupos me esperaban. Algunos usaban yoquis con el nombre de mi novela. Otros gritaban y aplaudían el nombre de ella cuando yo y mi editor llegábamos a la librería. Nos estacionábamos al frente de la universidad donde estaba ubicada. Un guarda-espalda me habría camino entre las personas, para llegar ahí. Los periodistas me acercaban sus micrófonos para hacerme preguntas:

–¿Qué opina del éxito de su novela?

–¡Estoy muy feliz! –contestaba.

Abriéndome camino respondía las preguntas de los perio-distas. Adentro de la librería, me colocaba frente a una mesa que estaba cubierta con mis libros. Mientras firmaba autógra-fos, algunos jóvenes me daban un beso en la mejilla. Cuando ya había firmado muchos autógrafos, veía a algunos leyendo escenas de mi novela que les gustaban. Uno leyó una escena que decía que yo tenía una hija inglesa. Mientras escuchaba, yo pensaba que estaba leyendo una escena de otra novela que había escrito, pero no decía nada. En mi sueño, después de la presentación de mi novela y de las firmas, el público me aplaudía y diversas personas se acercaban para conversar de la novela. Seguí soñando que mientras caminaba de vuelta al automóvil, entre un montón de personas que se empujaban para decirme algo o pedirme autógrafos, los periodistas, con sus cámaras me enfocaban y me hacían preguntas.

CAPITULO X

Al día siguiente, cuando desperté en la madrugada. El sol brillaba en mi pieza. Sonreí cuando me acordé del sueño. Sentí como una premonición de que mi novela sería un éxito. Después, mientras yo me bañaba, Pierre en su habitación sonreía cuando se acordaba de las seducciones del día anterior. Esa mañana desayuné con mi familia y Pierre. Rato después fuimos todos a esquiar.

Antes de oscurecerse volvimos al restaurante y cenamos. Como Pierre sonreía y me seducía mientras comíamos, yo me fui sintiendo menos triste y deprimida por la muerte de mi padre. Durante la cena, Pierre y yo nos dimos el número de teléfono.

Después, regresamos a Santiago. De regreso a casa, yo me preguntaba si Pierre me iría a llamar, mientras el sonreía y se decía que yo le encantaba más que lo que pensaba y no hallaba las horas de verme y invitarme a salir con él. Había mucho tráfico, muchos tocaban las bocinas y la gente se veía impaciente. Al llegar a la casa, nos sentamos en los sillones blancos en el living para mirar videos y fotografías de la familia. Primero, Magaly, mi hermana mayor me mostró el video con la boda de su hija, Karincita. Mi sobrina y su esposo habían celebrado su casamiento en el casino de oficiales de la Fuerza Aérea. Se veían muy elegantes. Ella iba vestida con un vestido largo blanco y él, como teniente de la Fuerza Aérea, con su tenida de gala especial para la ocasión. Varios oficiales vestidos de uniforme de gala, les rendían homenaje con sus espadines en alto. Todos los familiares y amigos andaban con ropa de gala y todos se veían muy contentos.

–Karincita y su esposo se ven muy elegantes –dije contenta.

–Podrías haber venido a la boda de tu sobrina –dijo Magaly.

–Sí –dije.

Después de haber visto los videos de la boda, vi otro video sobre la cosecha de trigo en el campo de Yungay cuando mi padre estaba bien. El se veía muy contento al lado de sus trabajadores, mientras los perros corrían entre las cañas del trigo, las perdices que vivían entre ellas, salían asustadas de sus nidos y parecían volar.

En la escena del video, el día estaba muy bonito, el cielo estaba azul, y el trigo amarillito mientras la máquina cosechaba.

–El le daba trabajo a muchos que necesitaban aprovechar la temporada –dijo mi mamá.

–¿Qué pasará con esos trabajadores? –me dije.

Más tarde, se abrió la puerta de la entrada de la casa y entró mi hermano Hugo quien era estudioso, alto, rubio y de ojos café.

–Hola, ¿qué hacen? –preguntó graciosamente.

–Estamos mirando recuerdos –dijo una de mis hermanas.

Cuando el teléfono sonó, uno de mis hermanos se paró a contestarlo. Era Pierre, pero no se atrevió a preguntar por mi, por eso fingió ser otra persona. Yo me sentía feliz de estar con mi familia otra vez. Luego nos dio hambre y nos servimos una sopa.

–Podríamos ir al campo –dijo mi mamá.

–¡Si mamá… me encantaría! –exclamé.

En los veranos, la familia se iba a la casa de campo de Yungay. Era una costumbre entre la gente rica que tenía fundos en el sur de Chile. Muchos familiares iban a visitarnos allá en el verano. A los niños de la familia les encantaba jugar en la paja en esa época.

Al día siguiente, que llegamos de Portillo, me levanté temprano para seguir escribiendo mi novela. Por un rato, me senté detrás de mi escritorio en la biblioteca y cuando tenía como dos capítulos escritos bajé a desayunar con mi familia. Cuando regresé a mi escritorio, Pierre me llamó.

–Hola, soy Pierre –dijo él.

–¿Cómo estás? –contesté.

–Te llamo para invitarte a almorzar conmigo –dijo Pierre.

Le dije que estaba ocupada escribiendo mi novela, pero que aceptaría su invitación.

–¿Estaría bien si te paso a buscar a las doce? –me preguntó Pierre.

–Esta bien.

Cuando llegó a la casa, yo no estaba lista todavía, por eso, me tubo que esperar sentado en un sofá del living. Mis hermanas, hermanos, y cuñados andaban trabajando casi todos. Como la mansión era muy grande, a mis hermanos les gustaba estar allí, a pesar que cada uno tenía una casa similar.

El me invitó a almorzar en un restaurante lujoso en Vitacura. Durante el trayecto me preguntó si tenía frío y conversamos de muchas cosas.

–Te ves preocupada –dijo Pierre.

–Sí, un poco… por la novela.

En realidad, yo me sentía deprimida por la muerte de mi padre y todavía no me sobreponía a eso.

En el restaurante, nos sentamos en una mesa al lado de una ventana. De pronto comenzó a lloviznar y miré hacia afuera. El restaurante no estaba muy lleno. La comida estaba deliciosa. Sus ojos parecían más azules con la luz de la llovizna.

–¿Cómo va tu novela? –me preguntó Pierre.

–Bien –respondí.

–Te irá súper bien –me dijo Pierre.

Yo sonreí y le dije, –Ojala… Dios lo quiera.

Luego conversamos de otras cosas.

–¿Por qué estudiaste periodismo? –pregunté.

–Me encanta de informar al público acerca de eventos que les interesa.

–¿Te costó mucho de aprender a escribir noticias? –pregunté.

–No, porque me aprendí fácilmente la estructura de cómo escribirlas, por ejemplo, primero se comienza con el título de la noticia y luego el primer párrafo que responde a las preguntas básicas: qué, quién, cuándo, dónde, y por qué, etc. –me respondió.

Eso me hizo recordar cuando estudié periodismo en los Estados Unidos y dije:

–Me acuerdo que me fascinó la lógica para redactar las noticias.

Pierre se sorprendió y sonrió al darse cuenta de cuanto teníamos en común. Yo pensé que la única diferencia fue que yo lo había aprendido en inglés mientras él en castellano.

–En inglés nosotros le llamamos a las cinco preguntas básicas, the five Wh-questions –dije.

Y así, mientras comíamos y conversábamos, Pierre me miraba en forma seductora y yo de a poco me fui sintiendo menos deprimida.

Poco después, guardamos silencio aunque nos sentíamos contentos el uno con el otro.

–¿Se puede saber en que piensas? –me preguntó Pierre.

–Si supieras en que –dije sonriendo.

Pierre sonrió también, pues estaba muy contento conmigo. El se decía que yo era mucho más simpática de lo que pensaba.

Un rato después, salimos del restaurante y mientras caminábamos a su vehículo, me invitó a su casa. Afuera llovía con estrépito. Pierre desplegó su paragua y me acurrucó hacia él y corrimos bajo la lluvia hasta el estacionamiento en donde tenía su vehículo. A veces me conversaba, pero la lluvia no me dejaba escucharlo.

En su casa, Pierre me prestó un suéter largo mientras él se cambiaba ropa en su dormitorio. Después, nos sentamos en el living. El murmullo de la lluvia se escuchaba desde la terraza.

A Pierre le apasionó tenerme en su casa y verme vulnerable con su suéter.

Cuando mi suéter se secó, me lo puse en el baño, y le dije que me fuera a dejar a mi casa.

–Tengo que regresar –le dije.

–Esta lloviendo –dijo Pierre.

–Lloverá todo el día –dije.

–¿Por qué no te quedas? –preguntó Pierre.

Lo miré y le dije, –tengo que irme. Sus ojos brillaban de excitación. Yo sabía lo que iba a pasar si me quedaba. Por eso, disimulé que no sentía lo mismo. El ya se veía desbotonando mi suéter blanco de cachemira.

Partimos. El me fue a dejar a mi casa. Al llegar, rápidamente, me senté a la mesa. Mi familia estaba esperándome para cenar, mientras tanto Pierre regresaba a su casa. Al llegar a ella, en un sofá de su living bebió una copa de whiskey mientras se imaginaba besándome. Durante la cena, disimulé que no había sentido deseos de quedarme con Pierre. Mientras el único pensamiento de Pierre era estar conmigo.

Durante esa semana, nos vimos varias veces. Un día, nos vimos en el jardín de la casa de mi familia. Mientras caminábamos conversando, Pierre me hablaba amorosamente. De repente cuando no había nadie cerca, trató de tomarme la mano, pero yo se la esquivé fingiendo que no quería. Pero luego, lo dejé que me la tomara y me pidió pololeo y yo acepté, pues me sentía contenta con él. Me besó y me dijo que se había enamorado de mí a primera vista. Pierre me gustaba mucho. Esa tarde mantuvimos nuestro romance en secreto. No quería decirle a mi familia todavía. Pero días después, Pierre y yo lo dijimos.

La primera semana se pasó súper rápido. Yo comparaba mi vida aquí, que era como estar en la riqueza de la edad media y mi vida en los Estados Unidos, donde vivía en un departamento penthouse en Waikiki al frente de la playa. En ambos lugares se veían muchos árboles que se mecían con la brisa.

Un día en la tarde, cuando mi familia, algunos familiares, y amigos estábamos sentados en el living, conversamos de muchas cosas y ellos no se cansaban de invitarme a sus casas y a diversos lugares. Ellos querían que me reintegrara a nuestro país.

–Hermana, Victoria, ¿qué pasa con Pierre –dijo Hugo.

–Esta bien –contesté sonriendo.

Luego Roberto a quien llamábamos "Titín," y había estudiado ingeniería en computación entró y me contó que ya se había sobrepuesto a su depresión, administraba el fundo de mi papá, y quería retomar sus estudios universitarios. Así me contó muchas cosas más. Algunas de mis tías me hablaban de sus campos, sus hijos, y nietos. Muchos de mis sobrinos habían seguido la carrera de leyes. Algunos habían estudiado psicología. Otros eran profesores y enseñaban en universidades o colegios.

Entre los sobrinos más chicos estaban Monserrat a quien le gustaba de peinarse y era muy regodeona para su ropa y Mati quien hablaba como un médico, pues su abuelo le había enseñado cosas de medicina.

CAPITULO XI

Así se pasaron los días. Después de una semana más o menos, cuando ya tenía varios capítulos escritos de la novela, llamé a varias editoriales. Varias me respondieron, pero yo elegí la más prestigiosa.

Un día mientras almorzaba con mi familia, escuché el teléfono. Una de las empleadas lo respondió.

–Señorita, Victoria, un editor la llama –dijo la empleada.

Me apresuré a contestar el teléfono. Después de saludar al editor, me dijo que estaba interesado en mi novela.

–Me gustaría leer el manuscrito de su novela –me respondió el editor.

Para mí era como un sueño que desde una de las más prestigiosas editoriales me estuvieran llamando. Quedamos de juntarnos el jueves en dos semanas más a las diez de la mañana en un restaurante. Al editor de esta editorial, le gustaba juntarse con los escritores en restaurantes lujosos.

Cuando colgué el teléfono todavía no podía creerlo. En la tarde, por un rato me senté en un sillón del living para corregir cualquier error que pudiese haber en el manuscrito. Esa tarde, la casa estaba temperada por el calor de la chimenea. Mi mamá estaba viendo televisión y algunos de mis hermanos estaban leyendo en sus habitaciones. Mi hermana Yannette era abogada y por eso llegaba tarde muchas veces cuando los clientes en agradecimiento por ganar casos la invitaban a festejar en restaurantes.

Esa tarde algunos de mis hermanos y mi mamá cenamos juntos. Mientras cenábamos, llegó Yannette. Saludó colocando un libro en la mesa y dijo:

–¡Hola! ¿Cómo están?

Yo sonreí y le dije, –Me llamó una editorial.

–¡Fantástico!

Con la novela en la mano, le dije que la leyera para que me dijera como estaba. Ella me dijo que la iba a leer enseguida.

Mientras comíamos, Pierre me llamó a mi celular.

–Soy Pierre –dijo con voz amorosa.

–Hola Pierre, ¿cómo estas? –contesté amablemente.

–Tengo una invitación para ir al Teatro Municipal a escuchar a Beethoven y me gustaría que fueras conmigo –dijo Pierre.

–¿Cuándo? –pregunté.

–Este fin de semana –dijo Pierre entusiasmado.

–Gracias por tu invitación, pero no puedo, pues tengo que corregir mi novela porque fue aceptada por una de las editoriales más prestigiosas –dije.

–¡Vamos, acompáñeme! –Pierre insistió.

–Me encanta la música clásica, pero no puedo – contesté.

–Dime otra razón –dijo Pierre.

–Tengo que corregir el manuscrito de mi novela –insistí.

–Te ayudo a corregirlo –dijo Pierre.

–Bueno, está bien –contesté.

El me dijo que me iba a pasar a buscar ese fin de semana.

Mientras caminaba al comedor, pensé que sería muy bueno para mí, ir al teatro y escuchar música clásica para relajarme. Me había sentido deprimida y todavía no me sobreponía a la muerte de mi padre.

CAPITULO XII

El día de la invitación, mientras me vestía con un traje de gala, con un sombrero y me maquillaba, sonreía pensando lo bien que lo pasaría con Pierre. El me pasó a buscar y nos dirigimos al Teatro Municipal. Mientras entrábamos, nos saludaban otras personas vestidas con trajes de gala. En el hall del Teatro Municipal, muchas personas conversaban o tomaban un cocktail. Una de ellas se acercó a nosotros y dijo, –Habrá una muy buena presentación. –Así lo espero –respondió Pierre. Por un rato, conversamos y luego quedé sola con Pierre. Después entramos y algunos se apretaban el uno contra los otros. No podía creer que las personas hicieran esto. Nos sentamos en una fila frente a la orquesta. Los asientos de los lados estaban desocupados, pero luego se llenaron.

–¿Te gusta la música clásica? –me preguntó Pierre.

–Si, me encanta –respondí.

–¿Vas a escuchar música sinfónica en Hawai? -me preguntó.

–Antes iba más a menudo. Pero, ahora estoy muy ocupada con mi trabajo.

–¿Cómo lo haces para escribir ? –me preguntó.

–Escribo en mi notebook en cualquier parte cuando tengo tiempo –contesté.

Minutos después comenzamos a sentir la música. Todos los músicos estaban detrás de sus instrumentos. Dejamos de conversar para concentrarnos en la música. La sinfonía comenzó con "Beethoven sinfonía número 9 en G menor." La cual era muy suave.

La música, hizo que las lágrimas me corrieran por las mejillas. Pierre se dio cuenta que estaba muy emocionada. Me tomó la mano y me dijo que disfrutara la música. Yo sonreí y seguimos escuchando.

Durante el intermedio conversamos un rato. Luego caminamos al lobby de la entrada de la puerta para comprar un cocktail.

–¿Cómo encontraste la presentación? –me preguntó Pierre.

–Magnífica –respondí.

Parados, bebimos un cocktail de frambuesa mientras conversábamos. Luego volvimos a la segunda presentación de la orquesta y mientras esperábamos que los músicos comenzaran, conversábamos.

–¿Cómo va tu novela? –Me preguntó Pierre otra vez, pues sabía que era muy interesante para mi.

–Tengo que editar algunas cosas –contesté.

–Serás una escritora famosa cuando la publiques –me dijo Pierre.

Yo sonreí y le dije, –ojala Dios quiera.

La presentación de la orquesta sinfónica duró como dos horas. Después, salimos del teatro y caminamos hacia el estacionamiento. De regreso a casa, Pierre condujo y yo me senté a su lado. Durante el camino, conversamos animadamente.

–Me gustas mucho –me dijo.

Yo me hice la desentendida y miré para afuera.

–¿Por qué no me dices nada ? ¿No te gusto? –me preguntó.

–No digas eso –le dije.

–¿Por qué no? –me preguntó angustiado.

–Porque sabes que me gustas.

Más tarde empezó a lloviznar. Pierre puso el parabrisas en funcionamiento, ya que las gotas de agua se veían como cristales. En la radio empezó a sonar una canción inglesa.

–¿Te gusta la canción? –me preguntó Pierre.

–Sí, me encanta –contesté. ¿Te importaría si subo el volumen?

–Claro que no –contestó.

Por un rato escuchamos la canción y luego trató de besarme y yo lo esquivé, pensé que no estaba muy segura de mi romance con él.

–¿Qué pasa? –me dijo.

–Nada –respondí.

–¿Por qué me rechazas? –me dijo Pierre, con voz quebrada.

–No te rechazo –dije.

Rato después, Pierre nuevamente intentó besarme. Esta vez me tomó la mano y me inclinó hacia él y me besó. No podía creerlo. Me gustaba, pero tenía miedo de enamorarme de Pierre, pues sabía que tenía que regresar a los Estados Unidos. Me rogó que fuéramos a su casa, pero yo le dije que me fuera a dejar a la casa de mi familia.

Regresé a la casa no muy tarde. Mis hermanos y mi mamá estaban sentados a la mesa, cenando. Yo los acompañé. Esa noche había sopa de pollo con arvejas y postre de durazno.

–¿Cómo estuvo la presentación? –preguntó Yannette.

–Espectacular –respondí.

–A Victoria siempre le ha gustado la música clásica –dijo mi mamá.

–Sí es verdad, mamá –dije.

Después de una hora más o menos, nos paramos de la mesa. Subí al segundo piso y fui a la biblioteca. Me senté detrás del escritorio y revisé lo que había escrito en la mañana. Tomé el manuscrito de mi novela que estaba al frente de mi. Mientras leía, tomé un lápiz y comencé a corregir cualquier error.

Después, durante un rato, me paré frente a la ventana grande y miré hacia fuera. Se escuchaba el chillido de los grillos mientras las hojas flotaban sobre la cancha de tenis. Me gustaba escuchar el sonido del follaje de las hojas de los árboles.

Después mi hermana, Yannette, subió a la biblioteca a buscar un libro de leyes. Conversamos mientras ella hojeaba el libro y yo miraba para afuera.

–¿Qué te parece Pierre? –me preguntó Yannette.

–Es simpático –dije.

–¿No le encuentras su ojos azules muy redondos? –dijo ella sonriendo.

–Me encantan.

Luego le mostré una fotografía de Pierre conmigo en mi celular.

–Tiene la boca grande –dijo Yannette.

Yo sonreí y le dije, –¡Pero besa muy tiernamente!

–Bueno, es tu gusto –dijo Yannette sonriendo.

–¡Pobrecito! –suspiré pensando en como tienen que haberle ardido sus orejas.

–Se nota que le gustas mucho –me dijo Yannette.

–Tal vez –sonreí fingiendo que no me había dado cuenta de eso.

–¿Y por qué no? –contestó mi hermana, con una risa cómplice.

Esa noche, mientras Pierre se recostó en su cama pensando

en mí, trató de llamarme. Pero, tenía miedo de ser insistente. Tomó el teléfono, pero rápidamente colgó. Trató de dormir, pero no podía. No podía quedarse dormido de tanto pensar en mí.

CAPITULO XIII

A la mañana siguiente, durante el desayuno en el comedor del primer piso, mi familia y yo acordamos ir al campo de Yungay el viernes de esa semana. La tarde antes de ir allá, los trabajadores arreglaron las cosas para ir al sur, mientras mis hermanas, hermanos, y mi mamá conversábamos entusiasmadamente.

–¡Hijos vayan a acostarse para que no se queden dormidos mañana en la madrugada! –dijo mi mamá parándose de la mesa.

–Sí, mamá ya vamos –contesté.

–Mamá, conversemos un poco más –dijo Yannette a quien le gustaba la sobremesa.

–¡Hijos, vayan a acostarse! –dijo mi mamá nuevamente.

–¿Pero mamá? –reclamó Yannette.

Carmen una de las hermanas mayores dijo: –si chiquillos vamos a acostarnos. Al oírla, uno tras otro nos paramos y nos fuimos a acostar.

Al otro día, antes que saliera el sol, nos despertamos. Durante un rato me quedé regaloneando en la cama. Luego me levanté. Una de mis hermanas se asomó a la puerta y me dijo: –ya van a servir el desayuno.

Después que desayunamos, salimos fascinados rumbo a Yungay. La mañana estaba bonita a pesar de que todavía no había salido el sol. El jeep favorito de mi padre se sentía suavecito, era viernes y las calles estaban solitarias. Pasábamos frente a casas grandes ubicadas a ambos lados de la calle. Luego entramos por unas calles más angostas. Personas vestidas con parcas y abrigos esperaban los buses a ambos lados de la calle. Como una hora después, entramos al hormigueo de vehículos en la carretera. Los vehículos pasaban a gran velocidad, mientras el sol brillaba resplandeciente por todas partes. Durante el viaje, conversábamos para que no se notaran las ocho horas que faltaban para llegar al campo.

–¿Qué es eso que suena? –pregunté mientras íbamos por la carretera.

–Esos timbres marcan en el tac lo que hay que pagar por usar la carretera –respondió Yannette.

–¿Qué? –pregunté con curiosidad.

–Los españoles son los dueños de la carretera –respondió Hugo.

–No puedo creerlo –exclamé un poco disgustada.

–Ahora se paga por andar en la carretera y estacionarse en los shopping –dijo mi hermana Magaly quien era muy nacionalista y defendía mucho las cosas de los chilenos.

–Creo que en los Estados Unidos nunca se venderían las carreteras a extranjeros o fueran a cobrar en los estacionamientos de los shoppings –dije disgustada.

Afuera se escuchaba el rugir de los motores de los autobuses y camiones.

–¿Qué se puede hacer? –dijo Hugo.

–En todo caso, es mejor que andar en bus –dije calmadamente.

–Si, claro –dijo Carmen quien estaba enojada por la

bencina tan cara y los tacs, que casi no le quedaba dinero para ir a comer a restaurantes.

–Por la rapidez y la comodidad –dijo Yannette.

–Pienso que fue una decisión muy mala de haber entregado la concesión de las carreteras a los extranjeros – dije disgustada.

El ruido de los tacs me colocaban furiosa, pues me había ido a los Estados Unidos cuando no se escuchaban esos tacs desagradables que llegaban a rasguñar la cabeza. Me sentía desesperada por lo que estaba pasando en mi país. Me daban ganas de llevarme a mi familia a los Estados Unidos o Inglaterra. No tan solo me sentía furiosa que muchas personas no tenían dinero para pagar los tacs, pero también de ver que en Chile habían dos clases sociales bien marcadas, la baja y la alta, la media era la que sufría más. Yo me preguntaba si los empresarios hacían algo para mejorar la condición de los más pobres o de la clase media. Mientras el jeep avanzaba, yo pensaba en algunos reportajes que había visto de Chile en los Estados Unidos. En uno de ellos, vi a muchos inmigrantes pobres que los Estados Unidos rechazaba, pero los cuales eran aceptados en Chile con muchos beneficios los cuales ni siquiera los pobres nacidos y criados en Chile tenían. Fingía no sentirme furiosa por la injusticia hacia muchos chilenos. La condición humana en mi país estaba muy mala con la violencia, pobreza, y la mala educación. Pensé en prevenciones e intervenciones para mejorar la condición humana lo cual podría hacerlo con ayuda de los Estados Unidos.

En las noticias, a menudo mostraban reportajes sobre personas descontentas por la inversión en buses usados los que supuestamente iban hacer nuevos. El gobierno no impedía que diversas personas expresaran su descontento con el abuso, pero no hacía mucho para mejorar las condiciones de vida. La comida estaba casi al mismo valor que en los Estados Unidos. Esta situación me enfurecía y me preguntaba porque razón nadie hacía nada por remediarla.

Luego, pasamos frente a unos restaurantes, ubicados a ambos lados de la carretera. De ellos salía olor a empanadas y a queques. Cuando nos dio hambre paramos frente a uno de ellos. Estacionamos frente a la puerta de entrada. Al entrar al restaurante, se sentía una agradable música folclórica. Una garzona nos guió a una mesa al lado de un ventanal. Algunos pedimos lo mismo: queso fresco, queque, pan, leche fresca de vaca, y otros empanadas con ensalada.

Conversábamos mientras esperábamos que nos trajeran la comida. Diversas personas salían o entraban al restaurante. De pronto, la garzona apareció con las bandejas. La mesa tenía un mantel con diseños floreados. Al centro de ésta, la garzona puso una panera con pancitos chicos muy deliciosos. Yo saqué uno de ellos y le puse mermelada de mora y duraznos.

–¿Te gusta? –preguntó Yannette.

–Desde hace muchos años que no había saboreado algo tan rico –contesté sonriendo.

–¡Tengo hambre! –dijo Hugo, mientras sacaba uno de los panes.

El pan y la leche estaban humeantes. Algunos de mis hermanos sacaron terrones de azúcar de un azucarero y panes de la panera que estaba llena. Nos pusieron mucha mermelada de mora la cual era mi favorita, pues en los veranos me encantaba comer moras con mis hermanos y hermanas en las zarzas del fundo.

El sol de la mañana entraba por la ventana. Las tazas y platillos sonaban mientras el resto de la familia mezclaba con la cuchara la leche con el azúcar.

–¡El desayuno está delicioso! –dijo uno de mis hermanos.

–¡Muy rico! –exclamó Hugo.

Luego mis sobrinitas quisieron comprar chicles, pero mi hermana les dijo que las niñas se veían muy ordinarias masticándolo, sobretodo cuando hacían globitos.

–Pero mamá, si no vamos hacer globitos –dijo Kati graciosamente.

Los demás sonreímos pensando en muchas veces que nos pegamos chicles y nos costo sacarlos.

Después cambiamos el tema de conversación.

–¿Qué les parecería si me dejara bigotes? –preguntó mi hermano Hugo.

–¿Estás bromeando? –dije graciosamente.

–No –dijo Hugo.

–Bromeas, pues se que no quieres verte machista, –dije.

–¿Machista? ¿no los encuentran sexy? –dijo Hugo sonriendo.

Nosotros reímos, pues a ninguno nos gustaban los bigotes porque los encontrábamos ordinarios.

Rato después, cuando miré por la ventana, vi a un limosnero pidiendo limosna, pensé que como era posible que el país aceptara a tantos inmigrantes en vez de ayudar a nuestros chilenos desventajados. En los Estados Unidos muchos criticaban a Chile porque aceptaba a muchos inmigrantes extranjeros que ellos nunca aceptarían.

Después de desayunar, nos paramos y caminamos hacia fuera, rumbo al jeep. Luego seguimos rumbo al campo. El jeep iba como a 100 km. por hora por la carretera Cinco Sur. Esta estaba bien bulliciosa, lo que nos obligó a cerrar sus ventanas. En la radio tocaron una canción que estaba de moda en la ciudad y en los Estados Unidos. Hugo subió el volumen, Yannette lo subió más todavía.

–No tan fuerte –pedí a Hugo.

–Esta canción le gustaba a tu padre –contestó mi mamá.

CAPITULO XIV

Llegamos a Chillán alrededor de las once de la mañana. Al entrar allí, vimos algunos estudiantes que caminaban en ambas calles con sus libros. Más adelante, pasamos por el centro. El sol brillaba. Mi hermano Hugo aprovechó de llenar el estanque con bencina. Luego cruzamos el centro de Chillán. Después que salimos de la ciudad, entramos a un camino angosto rumbo a Yungay. A veces el jeep daba vaivenes. Mientras miraba a mi alrededor, pensaba en las descripciones del campo para mi novela. Ese día no hacía mucho frío.

Rato después, llegamos a unas calles angostas con casas con cartones en las ventanas. Cuando el jeep dobló a la derecha, se metió al hormigueo de autos. A ambos lados de la calle, las personas caminaban con ropas multicolores. De las chimeneas de las casas salía humo.

El jeep redujo su velocidad cuando divisamos una carreta en la calle. Más adelante, se veían unas casas antiguas. Pasamos por varios campos. A ambos lados se veían los árboles que mecían sus ramas con sus hojas amarillentas. Algunos huasos nos hacían la venia para saludarnos.

La brisa estaba fresca. Las personas salían y entraban a sus casas. Era temprano cuando nos acercamos al pueblo. Había harto tráfico. Diversos vehículos viajaban en la misma y opuesta dirección. A veces se divisaban hombres a caballos, vestidos de huaso que transitaban al costado de la carretera. Luego, apareció una carreta tirada por bueyes, muy comunes en el campo. Más adelante, se divisaban varios fundos con casas distintas la una de la otra. Luego, el jeep se aproximó al frente del puente Trilaleo y luego al Panqueco. Se percibía olor a humo de leña. La ruta subió y pronto llegamos a la plaza de Yungay. Me sentí feliz de estar allí después de tantos años. Mi hermano detuvo el jeep en un costado de la plaza y nos bajamos para estirar las piernas. La plaza no estaba muy cambiada. Estaba como la recordaba: con muchos tilos altos con sus hojas doradas. En el otoño, los tilos cambiaban sus hojas de color verdoso a amarillento cafezazo, en los cuatro lados de la plaza. El único cambio que observé, fue que al frente de ella, ahora había dos nuevos restaurantes. Desde afuera se veían solitarios.

–¡Qué feliz me siento de estar aquí! –dije enternecida. La plaza está tan bonita como antes.

–Victoria tu padre venía a menudo a la iglesia los días domingos –dijo mamá cuando pasamos cerca de ella.

Muchas hojas se habían caído y flotaban con la brisa sobre el cemento. Las flores tenían algunos pétalos. Un pasto verde, con tintes color café cubría los jardines de los cuatro costados de la plaza. En ella había escaños de madera. Sobre algunos de ellos había hojas mojadas de los árboles. Ese día, muchas personas caminaban por la plaza mientras mirábamos conversando. Yungay estaba bonito. A menudo oíamos las conversaciones de otras personas que estaban cerca de nosotros. Rato después, salimos de la plaza. De camino a la casa, miré los árboles, a ambos costados de la calle, mecían sus hojas frente a las grandes casas antiguas. Más adelante, cuando percibí que llegábamos a la casa grande, mis lágrimas comenzaron a correr por mis mejillas. No quise que nadie se diera cuenta, pues la emoción que sentía por estar en mi pueblo natal era profunda.

CAPITULO XV

El jeep se detuvo al frente de un portón a donde la mansión estaba como a una cuadra al interior. Los empleados que estaban en el jardín corrieron para abrirnos el portón.

–Buenos días patrones –dijo uno de ellos.

–¿Cómo están? –le contestamos nosotros.

Entramos y subimos por un callejón con árboles altos que daba al caserón. Luego divisamos los pilares blancos y altos a la entrada que estaban casi igual que antes. De pronto, cuando íbamos llegando a la casa, la puerta de entrada se abrió y mi hermano menor Roberto quien era un solterón se asomó. Mi hermano con su apariencia elegante inglesa sonrió y caminó rápidamente a encontrarnos. Nos bajamos del jeep y nos saludamos con un abrazo y beso. Roberto había viajado al sur días antes y le había dicho a las empleadas que nos cocinaran nuestra comida favorita.

Los trabajadores nos ayudaron a bajar los bolsos mientras nosotros caminábamos hacia la entrada de la casa. Entramos por un pasillo con techo alto y piso de mármol hasta el living. Los trabajadores nos saludaban a nuestro paso. El living estaba tal como lo recordaba, con una lámpara inmensa de cristales que colgaba del techo. Adentro algunos nos sentamos mientras otros iban al baño. El sol entraba por los ventanales grandes que daban a los balcones. Las cuatro paredes de la casa estaban pintadas blancas y de ellas colgaban retratos y pinturas de autores famosos. La casa se sentía llena, pero se notaba la ausencia de mi padre. Ahora, solo estaba su recuerdo. El retrato de mamá y papá colgaban de la pared a la derecha. Era uno de cuando estaban jóvenes. A veces se oía el cantar de los zorzales en el jardín. La mansión de dos pisos estaba casi igual que antes.

–¿Cómo encuentras la casa Victoria? –preguntó mi mamá.

–Muy bonita, está casi igual que antes –contesté.

–Podríamos mostrarle la casa a Victoria –dijo Yannette.

–Me encantaría –respondí.

Adentro de la casa se escuchaban nuestras conversaciones y la de los empleados que estaban contentos de verme después de tantos años.

Ese día, desayunamos nuestra comida favorita. Mientras comíamos, conversamos animadamente.

–La casa se mantiene casi igual –señalé mientras miraba a mi madre.

–Sí, papá la cuidaba mucho –dijo Yannette.

Después que desayunamos, salimos de la casa a tomar aire fresco. Afuera se veía distinto. Habían cortado un manzano grande, pero había un nogal bastante crecido. Todavía tenía nueces. Mientras caminábamos por el patio, un perro ladró.

–Es mi perro, Max –dijo mamá.

Segundos después, apareció el perro moviendo su cola y jugueteando se acercó a mí. Di un paso atrás con miedo al ver un perro tan grande.

–¡No muerde! –exclamó mamá sonriendo.

Mientras yo sonreía dudosa, rogaba que no me mordiera.

Nosotros caminamos por el lado de la piscina y la puerta del jardín se abrió y salieron unos empleados.

–*Guenas tardes, patroncitos. No le tenga miedo al guardian* –dijeron los trabajadores chistosamente.

Hugo bromeó: –Max ladra, pero no muerde.

–*¡Sí, patroncito!* –dijo uno de los trabajadores.

Pasamos allá como una hora. Luego uno de los trabajadores nos avisó que el almuerzo estaba listo.

–*La patrona me dijo que jueran almorzar* –dijo el empleado.

En la casa, nos sentamos alrededor de la mesa del comedor del primer piso. Esta tenía un mantel blanco y servilletas del mismo color y servicio de plata. En el centro de la mesa habían colocado paneras con pan, dos botellas de vino tinto, jugos naturales, agua, y ensaladas… todo con mucha abundancia.

–¡Qué lindo está Yungay –dije.

–¿No lo encuentras cambiado? –preguntó mi mamá.

–Sí, un poco –contesté.

–Ahora está más poblado –dijo Titín.

–Sí claro –contestó Carmen.

Me parecía un sueño estar aquí después de tantos años. Mis hermanos no habían cambiado casi nada. Como siempre la comida estaba muy rica.

Antes de terminar de almorzar, quedamos de ir al campo al otro día. Después de almuerzo, recorrimos la casa. Comenzamos por el primer piso. Caminamos por la casa como dos horas. Más tarde, salimos a dar una vuelta en auto.

–Tu papá adoraba todas las cosas de la casa –dijo mi mamá.

–Por eso siempre estaba reparándola –dijo Roberto.

El comedor grande estaba tal como lo recordaba: con su lámpara de cristales colgando del techo alto. Las paredes blancas y limpias habían sido pintadas recientemente. En una pared había un retrato de la familia con algunos montados a caballos blancos, mientras otros posaban al lado, frente a la mansión. Nosotros estábamos más jóvenes. La pared del frente tenía ventanales grandes. Entramos a los dormitorios del primer piso. Estaban casi igual que antes con sus closets grandes y las paredes blancas con retratos de nosotros en el campo y pinturas silvestres.

En el dormitorio de mi padre, nos detuvimos. Ahí me dirigí a su velador. Sobre él estaba la biblia que le gustaba tanto leer. Sus ropas estaban todavía en los closets y cómodas. Cuando miraba su ropa me imaginaba que él estaba en la casa. Las lágrimas brotaron de mis ojos. Luego me dirigí a un estante lleno de libros que él tenía. Había muchos libros de medicina, pero como a mí a él también le gustaba leer libros de literatura inglesa. Cuando tomé un libro de Wordsworth me di cuenta que a mi papá le apasionaba la literatura romántica. Un libro de Hemingway, se notaba que lo había leído una y otra vez. Cuando éramos chicos, a mi padre le encantaba leernos. A veces, en los veranos, nos sentábamos en las cañas de trigo a leer los libros que mi padre nos compraba. Al lado de la Biblia, miré la imagen del santo San Sebastián y la de la Virgen María con el niño Jesús.

–Así, nuestro señor Jesucristo tiene que proteger a mi padre en el paraíso de Dios –dije.

–Mi padre era muy compadecido –dijo Yannette.

Afuera se oía conversar a los trabajadores. Algunos tenían los ojos enrojecidos de tanto llorar. Mi padre era muy buen patrón con ellos y por eso, ahora lloraban su ausencia.

–Victoria, tu papá se paraba al frente de este ventanal a mirar el jardín –dijo mamá.

–Si, le gustaba mucho la naturaleza –dije.

Entre los libros que tenía en su estante encontré los que yo había escrito. Los tomé y sonreí cuando vi sus notitas al lado de los párrafos que a él le habían gustado. Luego, tomé más libros de literatura inglesa y francesa clásica, que eran sus favoritos. Como un buen intelectual, tenía volúmenes de psicología. A mi padre le encantaba analizar sus sueños desde el punto de vista psicoanalítico de Freud o introspectivo como Wundth. Entre unos libros y artículos de desarrollo cognitivo de los niños, encontré hojas con ejercicios de razonamiento lógico de la época en que nos enseñaba la lógica del aprendizaje de la matemática. En una hoja tenía ejercicios de lógica básica para entender la propiedad de inversión de la suma. Mi padre nos decía que los niños tenían que aprender la lógica de la matemática para un buen aprendizaje de ella.

Después, salí de la habitación y recorrí la casa con el resto de mi familia. En el corredor, nos deteníamos a mirar y comentar los retratos de cuando éramos niños. Conversando subimos las escaleras que daban al segundo piso. En el había más dormitorios, baños, un comedor, un living, y la biblioteca. Los dormitorios y los baños estaban como antes. El living se notaba más grande. Las lámparas que colgaban del techo eran las mismas. En la biblioteca nos detuvimos, mirando los libros que la llenaban. Al frente de los ventanales grandes que daban a balcones había un escritorio. Cuando era niña subía a escribir en él. Durante un rato estuvimos ojeando algunos libros. Mientras miraba algunos de literatura, mis otros hermanos y mi mamá hacían lo mismo. La casa tenía el mismo significado para todos en la familia. Cuando terminamos de recorrerla, salimos a caminar afuera. Vimos a algunos trabajadores barriendo las hojas del patio.

Esa tarde, durante la cena, acordamos ir al fundo que estaba como a una hora de Yungay. Después de la cena, todos nos paramos y nos fuimos a acostar.

CAPITULO XVI

Al día siguiente, nos levantamos temprano antes de que saliera el sol para ir al fundo de Yungay. A través de la ventana del living se escuchaba el canto de los pájaros que se acomodaban en los árboles y el chillido de los grillos que se escondían en el pasto del jardín. Esa madrugada, todos ayudábamos a cargar los bolsos de viaje y luego subimos al jeep. Enseguida, salimos rumbo al campo. Pasamos frente a grandes casas que se parecían a la nuestra. Luego doblamos hacia la izquierda y entramos a un camino ancho. Mientras avanzábamos y nos acercábamos a la casa veíamos mujeres campesinas que caminaban con sus hijos a la orilla del camino. A sus hijos se le caían los mocos.

El jeep daba vaivenes cuando pasaba por arriba de los hoyos de la calle que estaban tapados con barro. Otros vehículos crujían. Se sentía olor a empanadas. Era temprano. Los campesinos tienen que haber estado desayunando. En ambos lados de la carretera había árboles desnudos de hojas. Se movían con la brisa.

Más adelante, veíamos vacas y caballos pastando. Como una hora después, de entre los árboles y matorrales, al lado derecho del camino, se asomó un conejo blanco que luego corrió delante del jeep. Mi hermano disminuyó la velocidad fascinado mirando el conejo. Luego el conejito desapareció entre los matorrales. Después divisamos la entrada del fundo con sus grandes portones. Estaba saliendo el sol. Los pájaros comenzaban a volar de los árboles. Se veían trabajadores caminando por el callejón que tenía el mismo largo de una quinta. El callejón largo con árboles a los lados conducía a la mansión de dos pisos. Cuando un trabajador nos vio, se apresuró a encontrarnos amablemente. Abrió el portón de fierro y nosotros entramos. El nombre del fundo era Manchester. Desde el jeep se veían unos caballos blancos pastando.

–Buenos días, patrones –dijo uno de los trabajadores.

–¿Cómo estás? –le respondimos sonriendo.

El callejón se mantenía casi igual que años atrás. La quinta todavía tenía sus árboles frutales. En el suelo se veía muchas hojas secas, sueltas, y otras con barro. Al lado derecho se divisaban altos castaños y encinos. El jeep se estacionó en el patio y nos bajamos. Este se notaba silencioso. Era muy temprano. Algunos de los trabajadores se habían levantado mientras otros dormían. Algunos nos divisaron por las ventanas y bajaron corriendo a encontrarnos. Llorando nos saludaron. Mientras caminábamos, en la entrada de la casa, un empleado nos abrió la puerta. Entramos y caminamos bajo un techo alto con piso de mármol que daba a un living. El living se veía igual que antes. Del techo colgaba una lámpara de cristal. Los empleados llevaron los bolsos a los dormitorios y nosotros nos sentamos en el living y luego pasamos al comedor a desayunar. Más tarde, fui al balcón con algunos de mis hermanos. Durante un rato, miramos hacia el patio. Algunos pájaros se desplumaban entre las hojas del jardín mientras las hojas de los árboles flotaban en la piscina, y la cancha de tenis.

–¡Hola, que bonito día! –le dije a un trabajador que barría las hojas del patio.

–¡Señorita, Victoria, que sorpresa de verla! –dijo el empleado.

Luego bajamos y caminamos al frente de la casa. Más allá, había un establo. Se percibía el olor a abono. Recordamos que en el verano, cuando mis hermanos y yo éramos chicos, papá nos tenía un pony para salir a cabalgar. Luego fuimos a ver un huerto de árboles frutales cuyo suelo se cubría con frutas en el verano. En esa época, los árboles tenían pocas hojas. A veces divisábamos a los trabajadores. Ellos trabajaban ahí desde hacía mucho tiempo, por eso ellos se consideraban como de la casa.

–Los trabajadores cuidan muy bien el campo y son muy fieles con sus patrones –dijo mi mamá y mis hermanos asintieron.

–Sí, ellos se encariñaron con nosotros –dije.

Con mi madre y mis hermanos recordamos la niñez feliz vivida en la casa del campo. Cuando regresamos a ésta a almorzar, vimos la camioneta blanca estacionada al lado del jardín.

–¿Hermana, te acuerdas cuando nos subíamos a ese cerezo? –dijo mi hermano Roberto sonriendo.

–Sí, por supuesto –respondí.

Todavía se divisaban algunas cerezas.

Después de haber almorzado, fuimos a la biblioteca. Comenzamos nuestro tour por la sección de literatura y en un estante ubicado en la derecha me detuve para sacar un libro. Los demás también sacaron libros y los hojearon de pie. Luego nos fuimos a sentar a unos sillones al lado del escritorio que estaba colocado frente a la ventana. Yo abrí un libro de poemas de Claire, donde habían bonitas descripciones del campo. Leí en voz alta un bello poema sobre la naturaleza, el la describía como es, natural y real.

—Escribía muy bien —dijo uno de mis hermanos.

Rato después, me paré y fui a buscar un libro de poemas de Wordsworth.

—Tu poeta favorito —me dijo Yannette, cuando leyó en la tapa el nombre del autor.

Yo sonreí y dije —¿te acuerdas que a mi papá le gustaba leer los poemas sobre la naturaleza?

—Sí, sobre todo el preludio de Wordsworth.

—Como Wordsworth, mi padre prefería el campo —dijo Yannette.

Luego nos dio apetito y fuimos a cenar al comedor principal de la casa.

Al día siguiente, el chillido de lo grillos me despertó. Por un rato, me quedé en cama. Luego me fui a la biblioteca, me senté detrás del escritorio y escribí algunos capítulos para mi novela. Más tarde, me paré y miré el jardín a través de la ventana. Mientras miraba recordé a mi padre. Me decía que por estar en los Estados Unidos, no lo había visto vivo desde cuando dejé el país. Quería volver a Chile a instalarme con una universidad. Ese día, mi padre existía tan solo en el mundo de las ideas.

Durante un rato escribí otra vez. Esa mañana desayuné con el resto de mi familia. Luego, fuimos a caminar por el campo. El día estaba bonito. El sol brillaba por todas partes, entibiando la mañana.

—¡Qué bonito está el día —dije.

Mientras caminábamos, los perros movían sus colas a nuestro lado. Algunos trotaban y otros se estiraban.

Un trabajador, nos saludó con su chupalla en la mano. Nosotros le respondimos y mi hermano Hugo preguntó:

–¿Cómo va el trabajo?

–*Tirando pa rríba patroncito* –dijo el empleado.

Era el jardinero que estaba podando los árboles. Los parrones ya los había podado. Ese día andábamos con chaquetones de lana, pantalones, y botas. La ropa se nos mojó con el rocío cuando nos metimos por una parte del fundo que no tenía camino y tuvimos que abrir uno entre la maleza. Luego salimos a un camino que daba al monte. Las gotas de agua en las hojas verdes de los árboles, brillaban como cristales.

–Cuidado… el camino tiene hartas ramas –dijo mi hermano mayor, Hugo, cuando salimos del ramaje del monte. El canto de los pájaros en los árboles altos producía un eco. A mano derecha, se veía un riachuelo. Nos detuvimos frente a él. Sentí muchas ganas de meterme al agua. Bajo los árboles, estaba húmedo y sombrío. En el verano nadábamos en ese río que tenía copihueros, lingues, raulíes, y cipreses que se cubrían de hojas.

–Deberíamos regresar –dijo Yannette.

De tanto en tanto, se sentía el ruido de las abejas mientras percibíamos el olor a manzanilla, menta, y toronjil. Las hojas secas sonaban como papel cuando las pisábamos. El barro se nos pegaba en los zapatos. La brisa suave mecía los follajes salpicados de enredaderas y copihues.

–Caminen con cuidado –dijo Hugo.

Nosotros estábamos acostumbrados a caminar por el campo en cualquier época. Con la familia y los trabajadores salíamos a caminar cuando éramos chicos.

–No te preocupes –le respondimos.

Por un rato nos sentamos en un tronco y miramos

alrededor. Más adelante, una perdiz salió de los matorrales del lado derecho y nosotros gritamos y saltamos de susto. Pero, luego nos pusimos a reír.

–Podríamos regresar –dije.

Cuando íbamos cerca de la casa. Mi mamá se acercó a un balcón y nos habló:

–Hola hijos.

Nosotros le hicimos señas y por un rato permaneció allí mientras algunos empleados corrían las cortinas y limpiaban los vidrios de las ventanas.

De regreso a la casa, tratamos de abrir las ventanas de los dormitorios que no se habían abierto desde hacía un buen tiempo. Al hacerlo salió mucho polvo. Luego almorzamos y después nos entretuvimos conversando. Así nos llego la noche.

CAPITULO XVII

Esa noche, después de cenar, nos quedamos conversando por un largo rato en el living. Luego subí a la biblioteca y el resto de la familia se quedó allí viendo televisión. Los niños se habían ido a acostar más temprano que los adultos. En la biblioteca me senté frente a mi escritorio y escribí nuevos capítulos para mi novela. Me fui a acostar sin hacer ruido. No quise despertar a los demás. En la cama, pensé en Pierre por un rato. Luego, me imaginé como sería si me instalara con jardines infantiles en Chile. Rato más tarde, me quedé dormida y soñé que yo construía una universidad en Yungay. En el sueño, era época de Navidad y yo tenía una hija inglesa. Los ingleses me habían ayudado a construirla. Al lado de un gran árbol de pascua en mi universidad, llamada "Cambridge of Chile," yo me veía rodeada de niños mientras los reporteros me entrevistaban para saber como me sentía por estar en mi país, después de tantos años. Yo abrazaba a los niños y les decía que mi satisfacción más grande era la de haber construido mi universidad. El edificio de ésta tenía cuatro pisos y en cada sala de clases colgaba una lámpara de cristales que se veían como diamantes. El cuarto piso era una gran biblioteca llena de estantes con libros. Mi pasión era enseñar bien a cualquiera que quisiera aprender.

Cuando desperté, sonreí, mientras pensaba en el sueño que había tenido. Luego encendí la luz y me fui a la biblioteca a escribir más capítulos para mi novela. Primero hojeé lo que tenía escrito. Mientras leía, pensaba que la carreras de psicología y periodismo serían una de las más importantes. Traté de leer el manuscrito, pero la idea de tener mi propia Universidad me apasionaba. No pude apartar de mi mente el sueño de tenerla. Durante un largo rato, miré por la ventana. Afuera estaba oscuro. Se escuchaban muchas aves que se movían en las ramas de los castaños. Esa madrugada había una brisa suave que mecía los follajes de los castaños y otros árboles. Uno de los trabajadores, me asustó cuando apareció en la sala, con una lámpara a parafina.

–*¿Qué hace aquí toavía*, señorita, Victoria? – preguntó.

–¡Oh Dios! –yo salté y di un grito asustada, mientras el empleado se paró al lado mío.

–*Patrona*, disculpe *no jue mi intención de asustarla.*

–Está bien –dije.

Al escuchar mi grito algunos de mis hermanos se levantaron y corrieron a la biblioteca para saber que me había sucedido. Después que les conté lo que había pasado, nos fuimos a acostar.

A la mañana siguiente, después de desayunar paseamos por el jardín.

Sonriendo dije –me acuerdo que una vez cuando estaba con un pololo aquí, me di cuenta que alguien estaba moviendo las ramas de un árbol. Cuando miré, vi a un trabajador asustado que nos miraba trepado en una rama. Luego, me pidió que lo disculpara mientras gateaba por las ramas del castaño tratando de bajar. Yo le dije que por esta vez estaba bien, pero que no lo volviera a repetir.

–Gastón era muy copuchento –dijo Yannette.

–Sí, era como un pájaro curioso –dije.

Sonreímos mientras conversábamos de mi experiencia. Fue en un verano, bajo un cielo azul, estrellado. Los empleados tenían la costumbre de subirse a los árboles y mirarnos desde arriba. Luego caminamos a la piscina y nos sentamos en las reposeras. Después de conversar un rato, me quedé dormida pensando en esa escena.

Desperté cuando escuché la voz de los niños de Karincita que jugaban en el patio. Mi sobrinita Karincita había ido al dormitorio de ellos a buscarles un chaleco.

Rato después regresamos a almorzar. Durante el almuerzo conversamos de tiempos pasados. Recordamos cuando íbamos a ver los rodeos. Luego entró uno de mis hermanos, se acercó a la mesa, siguió comiendo con nosotros, y preguntó:

–¿Qué haremos este fin de semana?

–¿Por qué no vamos al rodeo que habrá este fin de semana? –dije sonriendo.

–Vamos –dijo mi hermano Roberto.

–¡Sí, claro! –dije entusiasmada.

Decidimos ir al rodeo. Yo no hallaba las horas de ver un rodeo después de tantos años.

CAPITULO XVIII

El sábado de ese fin de semana en Yungay, mi familia y yo esperábamos pasarlo bien en el rodeo. Llegamos a la medialuna como a la una de la tarde. Pero, inesperadamente, comenzó a llover y el rodeo se postergó para el otro día. Volvimos a la casa a almorzar.

Al día siguiente, al llegar al rodeo, mirábamos a todos los lados. Estaba más interesante que lo que esperábamos. Se escuchaban cuecas de los Hermanos Campos, las cuales eran muy populares en los rodeos. Muchas parejas vestidas con ropas multicolores caminaban con sus hijos a sentarse en las tribunas. Otros arreaban a los novillos en el recinto del rodeo, al lado de las tribunas. La medialuna estaba cerrada por un cerco de madera. Adentro se veía a los jinetes montados en sus caballos. Estaban vestidos de huasos y andaban con sus chupallas de paja, ponchos multicolores, y pantalones apretados adentro de las botas con espuelas. Los huasos, controlando las riendas de los caballos, trotaban dentro del recinto mientras un novillo salvaje e inquieto corría alrededor del corral. Mientras tanto, algunas personas miraban y otras esperaban el comienzo del rodeo. Se sentía un olor a empanadas y asados. Desde la tribuna se veían mujeres con vestidos festivos que cocinaban empanadas fritas en grandes ollas. Las empanadas chirriaban sobre los fogones.

Esas costumbres de los huasos chilenos, era muy querida por mi padre. A él le gustaba ir a los rodeos.

Un rato después éste comenzó. Desde las tribunas, aplaudieron a los jinetes cuando estos hicieron su presentación. Iniciaron el rodeo corriendo a caballo detrás de un novillo. Este corría y se detenía forzando a los jinetes a efectuar una serie de maniobras de destreza para seguirlo. Algunos jinetes lograban arrinconar al novillo contra el espacio marcado que otorgaba puntos, que eran voceados por el anunciador a través de los parlantes. Otros no tenían esa suerte y después de la corrida, el novillo se devolvía o simplemente los superaba y los jinetes no marcaban puntos. A veces, los jinetes tiraban las riendas de los caballos para atrás y estos se paraban en dos patas.

Los vendedores se paseaban por las tribunas con sus canastillos llenos de empanadas y bebidas. Algunas personas compraban. Nosotros compramos empanadas y coca-cola y comimos mientras mirábamos el rodeo.

–Las empanadas están muy ricas –dijo mi mamá.

–Sí, muy deliciosas –dijo Carmen.

Cada uno comió varias. Los asistentes gritaban de alegría cuando los jinetes corrían detrás del novillo y de repente le tiraban la rienda a los caballos y ellos se chantaban en dos patas encerrando al novillo contra el cerco y marcando puntos. El público aplaudía cuando los huasos dominaban sus caballos para domarlos. Cuando éste terminó, las personas que asistieron bajaban de las tribunas amontonados y empujándose. Los jinetes después de desmontarse de sus caballos, se sentaban en unos escaños en el corral y se tomaban unas copas de ponche. Otros hombres vestidos de huasos, les sacaron las monturas y dejaban que los caballos pastaran en un potrero cercano.

Ese día, como hacía un poco de frío nos tomamos unos vasos de vino en una mesa donde vendían empanadas. Luego nos subimos al Jeep y nos fuimos a la casa.

Esa tarde, comimos castañas y conversamos entusiasmadamente del rodeo y otras cosas. Más tarde, nos tomamos una rica sopa. Rato después, nos fuimos a acostar, pero yo subí a la biblioteca y me senté detrás del escritorio a escribir más capítulos para mi novela. En la casa había muchos perros que ladraban en la noche. Cuando había escrito algunas páginas, mi hermana fue a buscar un libro de leyes a la biblioteca.

Conversamos durante un rato. Ella me dio algunas ideas para que las colocara en la novela. Afuera, se sentían las hojas de los árboles que se arrastraban por el patio. Ese día habían traído leche de vaca desde el campo. Mi hermana fue a la cocina y en una bandeja trajo un jarro de leche, pues nos encantaba a las dos. Yo me tomé mi vaso muy rápido. Luego le pedí otro vaso de leche. Mi hermana había llevado el jarro con leche porque sabía que yo estaba acostumbrada a tomar más de un vaso.

Después nos fuimos a acostar y mientras dormía, soñé que estábamos en la gran mansión del campo de Yungay. Era verano. La familia caminaba por un campo de trigo que se mecía con la brisa tibia. El cielo estaba azul. No había ninguna nube. El rocío de la madrugada, nos mojaba la ropa mientras nosotros nos abríamos camino entre las espigas de trigo. Se veían como cristales las espigas bronceadas. Rato después, el sol brillaba y secaba las espigas. El trigo seco crujía alrededor del camino.

–El trigo está muy bueno –decía mi padre cuando tomaba una espiga y la refregaba entre sus manos.

–La cosecha de trigo estará muy buena –decía uno de mis hermanos.

Las espigas estaban largas y grandes. Reíamos cuando mirábamos a las perdices salir de sus nidos corriendo y derepente emprendían como un vuelo vajito y algunas de sus plumas flotaban en el aire. Otras veces, las perdices se echaban sobre sus nidos entre las espigas del trigo y los pájaros chicos piaban cuando se asomaban al borde de sus nidos.

Más adelante, en el sueño, en el camino, había guindos silvestres. A la sombra de uno de ellos, que estaba cargado de guindas, nos sentábamos sobre las espigas del trigo. Luego cortábamos algunas para comerlas. Estaban dulcecitas. A lo lejos, se escuchaba la voz de los trabajadores. Era hora de desayunar. El jugo de las guindas nos satisfacía y refrescaba. Luego, uno tras otro, nos parábamos y seguíamos abriéndonos camino entre la espigas de trigo. El canto de los pájaros que se escuchaba alrededor nos producía una gran alegría. Después de haber caminado un rato, nosotros llegábamos a la cima y nos quedábamos mirando el paisaje de campo. Los trabajadores de nuestro padre nos iban a encontrar.

–Buenos días patrones –decían ellos.

–¿Cómo están? –nosotros le contestábamos.

Mientras nosotros caminábamos hacia la casa, la puerta del jardín se abría y salía un empleado con un canasto que llevaba en la mano derecha. El canasto estaba lleno de tomates, cilantro, lechugas, albaca y choclos. De pronto comenzó a llover torrencialmente y nosotros corríamos bajo la lluvia hasta la mansión mientras escuchábamos el murmullo de los goterones en las hojas de los árboles.

A la mañana siguiente, desperté con el ruido de las conversaciones de los trabajadores del fundo que limpiaban las hojas del patio. Todavía no salía el sol. Durante un rato me quedé en la cama pensando en el sueño. Mientras más lo recordaba, más pensaba en los tiempos de verano cuando nos levantábamos a la salida del sol para ir a caminar al fundo con trigo.

Después me paré y me dirigí a la ventana y miré hacia fuera. La brisa movía mi pijama rosado. Había lloviznado y estaba neblineando. Luego, fui a la biblioteca y me senté detrás del escritorio a escribir más capítulos para la novela. Cuando había escrito durante una hora miré por la ventana mientras el sol entraba. Seguí escribiendo y entonces me fui acostar otra ves. Era muy temprano todavía.

CAPITULO XIX

Esa mañana, cuando desperté otra vez, me sentía contenta de estar en Yungay después de vivir tantos años en el extranjero, a pesar de que sentía la ausencia de mi padre. El otoño tenía cubierto el campo con hojas y se escuchaba el canto de los pájaros. Por un rato recordé mi niñez. Más tarde, me levanté.

Mientras me bañaba, pensé en Pierre y en muchas cosas... ¿Qué estará haciendo? ¿Pensara en mi? ¿Cómo sería si el viniera a pasar estas vacaciones con nosotros? ¿Se acordará de ese día que fuimos al teatro municipal y me quiso besar? Cuando escuché los pasos de alguien en el pasillo, me levanté, me puse un blue jean, una polera, un suéter, y botas.

Luego bajé a desayunar con mi familia en el comedor del primer piso. Cuando escuché conversaciones de ellos en la cocina, fui hasta allí. Ellos estaban calentándose alrededor de una fogata de leña.

–¿Cómo amaneciste, Victoria? –preguntó mi mamá.

–Bien, mamá, gracias, ¿y ustedes?

Ellos me dijeron que habían dormido súper bien.

–Mamá, tengo deseos de comer soplillo y guatongo –le dije.

–Victoria, el soplillo se hace en el verano con el trigo no muy maduro –dijo mi hermano Roberto.

–¿Si? –dije.

–Victoria, en el verano cuando vengas vamos hacer todas las comidas que te encantan –dijo Hugo.

–Bueno –contesté.

Ellos no habían comido soplillo desde hacía mucho tiempo. Pero yo los entusiasmaba para que lo hicieran este verano. Las empleadas sabían hacer todas las comidas tradicionales de la temporada de verano. A veces la cocina se llenaba de gente preparando humas o empanadas. A todos nos gustaban esas comidas.

Mientras algunos de los trabajadores fueron a buscar la leña que ellos habían cortado el día anterior, otros preparaban el desayuno.

Los grandes rodeaban la fogata y los niños saltaban riendo alrededor. A veces se escuchaba música rock en inglés en la radio.

–Aquí nos parábamos, alrededor del fogón, cuando veníamos con mi papá –dijo Yannette.

–Nunca dejó las tradiciones –contestó Hugo.

–Si hijos –dijo mi mamá–. Tu padre fue muy tradicionalista.

–Sí –reconocí.

Años atrás, en la época de los santos de algunos familiares, se cocinaba estofados en olletas sobre el fogón. A través de una rendija en la pared de atrás de la cocina se veía y se escuchaba el follaje del castaño. Los pájaros revoloteaban entre sus ramas. De repente, un gran ruido nos alertó. Unos trabajadores se detuvieron de golpe al lado de nosotros, dejando caer unos trozos de leña. Nosotros gritamos y tornamos de un salto asustados.

–¡Ja, ja, ja! –nos reímos cuando vimos a los trabajadores,

mientras ellos se disculpaban, pues nunca pensaron que nos iban a asustar.

–*Hay leña pal mundo patrones* –dijo uno de los trabajadores sacudiéndose sus manos.

–Muy bien, Rubén –respondió mi mamá.

–*Gracia* patrona.

Los trabajadores a veces abrazaban a sus niños mientras jugaban alrededor. Esa mañana el sol brillaba. Antes de desayunar, salimos de la casona. Hacia la derecha se divisaba un colmenar. Las abejas revoleteaban sobre sus casitas. A menudo se paraban en las flores que todavía quedaban al lado del colmenar. Las abejas zumbaban.

–No toque las abejas –dije a un niño de un trabajador que se inclinó para tocarlas.

–¡Hay Victoria! –dijo mi mamá–. Ellos saben como tomarlas.

–Sí –reconoció Yannette.

–*El güeñe pesca pedazos de cera con miel y se los come y las abejas no le hacen nada* –dijo el trabajador.

–¡Qué interesante! –dije.

–*En el verano caeron ciruelas que toavia le sirven a las abejas* –continuó diciendo el trabajador.

Hacia la izquierda, se divisaba el río rodeado de árboles. Este regaba los sembrados en la primavera. Nosotros caminamos por el patio bajo un parrón. Cuando pasamos por el lado del corral de las ovejas, salió olor a abono y enseguida nos fuimos al frente del río. Por un rato caminamos bordeándolo hasta que llegamos a donde antes había un molino. Allí nos sentamos en un tronco bajo un ciruelo granate que todavía tenía algunas ciruelas. Escuchábamos a los zorzales que volaban de rama en rama, en el ciruelo.

Al otro lado del río crecía mucha manzanilla. En el verano,

se sentía su aroma cuando uno entraba al callejón de acceso a la casona.

Ese día, los trabajadores estaban cortando leña. La ponían en pilas y la acarreaban en un tractor a un galpón. Se divisaban muchas hojas flotando en el río. En la primavera, nos fascinaba mirar a los patos nadando allí con sus crías.

–¿Te gusta el campo todavía, Victoria? –preguntó mi mamá.

–¡Me fascina!

Una brisa tibia movía el follaje de los árboles mientras se oía el valar de las ovejas y el bramar de las vacas.

Ese día andábamos con botas, pantalones y parcas con gorro.

–¡Qué bonito! –dije, mirando alrededor.

Cuando el desayuno estuvo preparado, una empleada nos fue a avisar y mi mamá nos dijo, –¡vamos a desayunar!

En el comedor del primer piso, nos sentamos a la mesa. Esa mañana encontré muy rica la leche de vaca que vaporeaba. Todos bebimos leche con tortilla y tostadas con mermelada de durazno. Hacía frío afuera, pero adentro estaba temperado con el calor de la chimenea.

En la radio comenzó a sonar una canción de los Beatles y yo subí el volumen. Me gustaban mucho sus canciones. Mi sobrina Katy comenzó a cantar la canción. En el colegio María Inmaculada, se la habían enseñado. Ella pronunciaba las palabras con un acento inglés. Cuando la canción terminó, Katherine dijo:

–Ahora nos están pasando la conjugación de los verbos.

–Es muy importante sabérselos –dije.

–Aquí tienes a tía Victoria para que te enseñe Inglés –dijo mi mamá.

–¡Claro que sí! –contesté.

–Victoria es pedagoga en inglés –dijo Yannette.

–Sí, y en literatura –aprobé.

Luego la radio tocó otra canción de John Lennon, "Woman." No pude contener mis lágrimas. Me acordé de un ínglés que tuvo mucha importancia en mi vida.

Cuando terminamos de desayunar, nos paramos y salimos. Afuera el sol brillaba como nunca. Ese día, acordamos salir a andar a caballo, la mañana siguiente.

CAPITULO XX

Al otro día en la madrugada, salimos entusiasmados a cabalgar. Había niebla, pero de apoco se fue despejando y cambiando de color. En la casa teníamos caballos ingleses. Mi padre decía que eran los mejores. Después que montamos en ellos, iniciamos la cabalgata. Los perros a los lados ladraban y se estrellaban de contentos, moviendo sus colas.

Más tarde, reíamos mientras trotábamos por el fundo de trigo que habían cosechado. El sol brillaba en nuestras caras mientras los perros trotaban a nuestro lado. Éramos muy buenas para montar a caballo.

Mientras trotábamos, las perdices se desplumaban cuando corrían tratando de volar de sus nidos entre las cañas del trigo.

–Mi papá le enseñó a cabalgar a Katherine y a Yossi –dijo Yannette.

Yo miré a sus hijas y dije, –así veo.

De repente, los caballos se paraban en dos patas cuando nosotros les tirábamos las riendas.

–Ja- ja-ja-ja-ja –reíamos.

–No deberíamos reírnos así, pues si alguien nos escucha

pueden decir que no estamos en duelo por nuestro padre
–dije.

–Victoria, nuestro padre tiene que estar feliz que sus hijos
cabalguen en su fundo. Así también seguimos la tradición
que él tanto quería –dijo una de mis hermanas.

Minutos después mi hermano Hugo cazó una liebre con un
rifle y las ovejas y vacas que pastaban alrededor se asustaron
y salieron corriendo en todas direcciones. Entonces, un trabajador derepente apareció corriendo y dijo:

–*Patroncinto, ¿le recojo la liebre y se la llevo pa la casa pa
cocinarla?*

–¡Bueno hombre, hácela escabechadita!

–*¡Listo patrón. Estas quedan sabrosísimas como pa
chuparse los dedos!*

El trabajador se fue con su liebre al hombro y nosotros
nos largamos a reír, pues era uno de los trabajadores más
chistosos.

Seguimos cabalgando. Mientras lo hacíamos, yo
comparaba el presente con el pasado. Todas las casas del
pueblo y del fundo de mis padres estaban bien cuidadas.

Luego, cuando divisamos la casa de una tía, nos dimos
cuenta que estaba abandonada. La casa se notaba que no había
sido pintada por años. Nos bajamos a verla. La pintura blanca
en el edificio rectangular estaba descascarándose. En el jardín,
las flores se habían encaramado a los árboles, rejas de fierro, y
murallas de cemento. La estructura de la casa todavía se veía
bien, pero necesitaba arreglos y una renovación total.

Después de forcejear mucho la puerta logramos abrirla.
El polvo flotaba en el aire cuando tratábamos de abrir las
ventanas. Entusiasmados recorrimos la mansión con gran
curiosidad. Se notaba que no la habían limpiado desde hacía
mucho tiempo. Después que abrimos algunas ventanas,

subimos al segundo piso. Los dormitorios se veían oscuros, pero cuando abrimos las ventanas de algunos de ellos, la luz del sol entró e iluminó las habitaciones. Desde el balcón miramos hacia fuera. Se percibía olor a abono. Varios caballos y vacas pastaban alrededor de la mansión.

Luego de abrir casi todas las ventanas de las 20 habitaciones de la mansión, el aire olía a polvo y abono.

Entonces, fuimos a la bodega. Ahí encontramos coñac y tomamos una botella que estaba polvorienta. De un mueble sacamos copas. Las limpiamos con la manga de los chalecos y lo probamos.

–Esta dulcecito –dijo uno de mis hermanos.

–Si como chocolate con whisky –respondí.

Después de un rato, dejamos la bodega y fuimos al balcón. Mientras caminaba observé en el pasillo varios retratos polvorientos colgados en las paredes. Los limpiamos y vimos los retratos de la familia en el fundo. No podía creer que una mansión de campo tan bonita estuviese en ruina.

–Hay que limpiar la casa –dije.

Acordamos enviar a unas empleadas de nuestra casa a limpiar la de la tía.

–La mantención de esta mansión tiene que ser cara –dijo uno de mis hermanos.

–Si claro –respondí.

Pensando y preguntándome porque los hijos de mi tía habían abandonado la mansión, vi algo en la pared que parecían pinturas polvorientas. Pero nos dimos cuenta que eran más retratos de la familia cuando le sacamos el polvo.

Mientras caminaba hacia afuera de la bodega, con botellas de vino y coñac, pensé en producir vino otra vez, como negocio familiar. Nuestra familia había sido una de las primeras que tuvieron viñas en el país. Vendíamos vino y coñac. Pero el vino se oponía a mi pasión por todo lo que tenía que ver con el aprendizaje. Los perros corrían adelante de nosotros, mientras la brisa tibia mecía el follaje de los árboles y pastos. Arriba de las ramas de algunos árboles se divisaban copihues rojos. El cielo estaba azul. Más adelante miramos un riachuelo cubierto de ramas.

–¡Qué refrescante se ve! –dije.

Decidimos acercarnos ahí. Al frente de él nos detuvimos y los caballos tomaron agua.

–Vamos –dijo Hugo y tiró las riendas de su caballo.

Todos estiramos las riendas y seguimos cabalgando por la orilla del riachuelo. Íbamos uno al lado del otro. De repente, se nos cruzó un conejo y nosotros nos largamos a reír.

–¡Miren, miren! –grité.

–El conejo se le arrancó de la olla a Israel –bromeó Hugo.

Nosotros nos largamos a reír.

Seguimos cabalgando por el medio del fundo cubierto de cañas. En enero habían trillado el trigo. Las cañas estaban amarillentas.

–Aquí vinimos con mi padre –dijo Yannette.

–¿Pero él estaba bien en ese tiempo? –pregunté.

–Si Victoria –dijo Huguín. Muchas veces él mismo se subía arriba de los sacos de trigo, en el camión.

Durante un rato corrimos por el fundo. Los caballos llegaban a relinchar mientras el pelo se nos levantaba.

–Victoria ¿te acuerdas de Charles el inglés?

–Si, como no me voy acordar de él –interrumpí– ¿Por qué?

–Quiere que nos instalemos con un Club de Polo –dijo Yannette.

–Sería magnifico de tener un Club de Polo –respondí.

–Charles anda en el extranjero –dijo Yani.

–¿Cuándo llega? –pregunté.

–Creo que en estos días –respondió uno de mis hermanos.

–Charles se crió como hermano, con nosotros, por eso como no me voy acordar de él –dije.

–Estaba enamorado de ti, ¿te acuerdas? –dijo Yannette sonriendo.

–¡No, creo! ¿Está soltero? –dije.

–Si, y buen mozo como siempre –contestó Yannette.

El inglés les había enseñado a jugar polo como en Inglaterra. A mi padre le gustaba mucho todo lo que era inglés, pues el tenía descendencia inglesa.

–Es una excelente idea –contesté.

–Mi papá también encontró muy buena la idea –contestó Yannette.

Charles se sentía como en su casa en la de nosotros. Aquí el polo era un deporte que casi no se conocía, pero el inglés nos había familiarizado con ese deporte aristocrático.

–Los caballos ingleses son los mejores –decía mi padre a menudo, mientras nos enseñaba a cabalgar en esos caballos.

Luego regresamos a la casa. Por un rato chispeó. Pero después el cielo recuperó el azul intenso otra vez. Entramos en el callejón y nos dirigimos a la casa. Montados a caballo pasamos por la quinta de las frutas. Todavía quedaban manzanas. Tomamos algunas, las limpiamos, las comimos y seguimos rumbo a la mansión. Los empleados sonrieron cuando nos vieron llegar. Algunos de ellos nos saludaban cariñosamente.

–Mi mamá dice que aquí se colocaban los barones –dijo Yannette cuando nos acercábamos a la entrada del patio.

–Cada vez que leo un romance de la época de la edad media, me acuerdo de esta mansión del campo –contesté.

–¿Por qué? –preguntó Yannette.

–Porque en la literatura medieval siempre aparece una

mansión o castillo del rey y de la reina rodeado de caballeros o barones que dependen del rey. Como en los romances medievales, esta mansión tiene un jardín con una fuente de agua en el medio –contesté.

–La tradición del empresario agrícola rico como en la literatura, mantiene la extravagancia y galantería de las buenas maneras –dijo Yannette.

–Me encanta la galantería de los caballeros amorosos de la edad media –agregué sobre la marcha. Pero como en la edad media, ahora no existe un señor protector del orden caballeresco.

–Pero el ideal cortesano continua en la familia –dijo Hugo.

En el patio, los empleados estaban barriendo las hojas de los árboles.

Esa mañana, las horas pasaron rápidamente.

–*Buenas tardes y pa servirlos patrones* –dijo uno de los empleados que era uno de los más graciosos y al cual le faltaban algunos dientes.

Nosotros le contestamos y otros empleados vinieron a encontrarnos para ayudarnos a desmontar.

–*Estos caayos son muy guenos* –dijo el trabajador.

–Sí –contestó uno de mis hermanos.

Mi padre disfrutaba de la conversación con sus trabajadores los cuales le eran muy fieles.

–Van a comenzar a podar los parrones –pregunté a uno de ellos.

–*No toavía, señorita.*

–¿Cuándo van a comenzar? –pregunté.

El trabajador sonrió y dijo –en estos días, señorita.

–Los rosales ya no tienen rosas –dijo Yannette.

–*Se caeron con la yuia* –respondió el trabajador amablemente.

Otro trabajador quien le sacaba la montura a un caballo, interrumpió su trabajo y sonrió.

–¿Cómo se portó con la patrona? –dijo hablándole al caballo. Los dejamos trabajando y caminamos por el patio a la casa.

–¿Qué hay de almuerzo? –pregunté a una de las empleadas.

–Un rico estofado con liebre –contestó.

–Una de mis comidas favoritas –dije.

Después que nos bañamos pasamos a la mesa a almorzar. Esta estaba cubierta con un mantel blanco y servilletas verdes. Al medio de ella, había una panera llena de rebanadas de tortilla y dos botellas de vino, estaban sin abrir.

En la tarde, salimos a cabalgar nuevamente. Regresamos con la puesta del sol. Esa noche, en el comedor, cenamos estofado con ensalada de tomates y lechuga. Mientras nosotros hablábamos, las empleadas servían la comida.

–Hijos, ¿cómo lo pasaron? –preguntó mi mamá.

–Estupendo –dijimos casi en coro.

Recordamos otros tiempos cuando salíamos a cazar, luego conversamos de otras cosas.

–¿Cuándo te vas a casar Roberto? –pregunté.

El sonrió y me dijo, –¡No sé Victoria!

–Es muy apetecido por las mujeres –dijo mi mamá.

–A veces se lo pelean –dijo Yannette y yo tengo que defenderlo.

Roberto no era un joven seductor, pero las mujeres lo veían como un buen partido, es decir, buen mozo, blanco, galante y bien educado y se lo peleaban.

–Una vez dos mujeres se pelearon por él –dijo mi mamá.

El jardín, que se veía a través de la ventana, se notaba tan bien cuidado como antes, a pesar que era otoño. A veces se escuchaba a los trabajadores que pasaban conversando por el patio.

CAPITULO XXI

Al día siguiente, mientras almorzábamos, escuchamos el ruido de un vehículo por el callejón.

Mi mamá fue a mirar por la ventana.

–Es su nieta Karincita –dijo un empleado que caminaba por el patio.

Mi mamá sonrió y se apresuró a encontrarlos.

Luego todos fuimos a su encuentro. Afuera, Karincita y su esposo Eduardo y sus hijos venían por el callejón. Me sentía feliz de verlos. Momentos después, el jeep se detuvo en el patio. Eduardo bajó primero y ayudó a bajar a Karincita y a sus dos hijos. Nos saludamos cariñosamente y luego caminamos conversando alegremente hasta la cocina mientras los niños corrían gritando de contentos.

–¡No grite tan fuerte, cariño! –dijo Karincita a su hijo Mati.

–Sí, mamá –contestó Mati, riendo.

–Yo no estoy gritando, mamá –dijo Monchi.

–No, mi amor –dijo Karincita y la tomó en sus brazos.

–¡ja, ja! –rió Mati cuando abrazó a los perros que vinieron a encontrarlos jugueteando y moviendo sus colas.

Cuando íbamos entrando a la cocina, Monchi dijo, –Tengo hambre mamá.

–Espera un momento mi amor –dijo Karincita.

Mi mamá sonrió y abrazó a su bisnieta Monchi. Hacía mucho tiempo que yo no me había encontrado con mi familia, en el campo de Yungay.

–Nana –dijo mi mamá a una de las empleadas.

–Sí, señora –dijo la nana.

–Sírvale almuerzo a todos los niños y a sus papás –dijo mi mamá.

–Sí, señora –contestó la nana–. ¿Y les sirvo chocolate de postre?

–Sí, claro –señaló mi mamá.

Karincita, su esposo, y los niños se sentaron a la mesa al lado de nosotros.

–¿Qué es eso, mamá? –dijo Mati, mostrando una botella de vino.

–Vino, cariño –contestó Karincita.

–¿Puedo tomar un poco, mamá? –preguntó Mati.

–¡No cariño! Los niños no toman vino –contestó Karincita.

Un empleado se acercó a la mesa, tomó una coca-cola y llenó un vaso para Monchi y otro para Mati. Los niños dieron las gracias y se tomaron toda la bebida.

–¿Les gustó? –preguntó mi madre.

–Sí –exclamó Matías jugando con el plato que tenía al frente de él.

–¡Qué rico! –dijo Monserrat.

Uno de los empleados sacó el corcho a las botellas de vino tinto, luego llenó los vasos y brindamos con las copas en alto tocándolas entre si.

–Tiene sabor a frutilla –dijo Hugo.

–Si, esta muy bueno –dijo Yannette.

Los niños comieron muy rápido. Cuando Matías terminó de comer, golpeó el plato con la cuchara.

–¿Se sirve más estofado? –preguntó uno de los empleados.

–Sí, por favor –contestó Matí contento.

La empleada volvió a llenar los platos de los dos niños.

Durante la tarde caminamos y conversamos de muchas cosas y de lo que habíamos hecho durante el tiempo que no nos vimos. En el jardín reímos cuando los niños corrieron gritando detrás de un conejo.

En la noche, después de cenar, subí a la biblioteca a buscar el manuscrito de mi novela. Cuando regresé, algunos ya se habían parado de la mesa. Pero volvieron cuando les dije que leyéramos mi novela. Todos leyeron una parte de ella. Cuando mi hermano Hugo comenzó a leer, se enterneció y a todos nos lagrimearon los ojos. Luego mi mamá comenzó a leerla. Así los que estaban sentados, iban leyendo. Roberto había ido al patio. Cuando regresó y se paró al lado de mi mamá, el tomó la novela y siguió leyendo. Nosotros lo mirábamos mientras él leía.

Graciosamente Roberto a quien llamábamos Titín dijo –aplaudamos… –después que leyó una escena en donde yo firmaba autógrafos y los lectores me aplaudían.

Sonreímos cuando dijo eso. Le salió muy cómico. Nos miró fascinado. Roberto leía muy bien. En algunas oportunidades, la hija de Hugo le corregía la gramática mientras leía. Ella era profesora de literatura en castellano. Una prima que tenía una panadería también leyó. Ella nos había llevado empanadas. Mientras leíamos, salía un rico olor. Después los niños fueron a acostarse. Una empleada los bañó y luego los llevó a la cama. Estaban cansados y se quedaron dormidos rápidamente. Los demás nos quedamos conversando en el comedor. Los empleados se fueron a acostar más tarde.

–¿Karincita, cuándo viaja a Australia? –le pregunté.

–En estos días tía Victoria –respondió.

–Podría pasarme a ver a Hawai –le dije.

–Gracias tía, a lo mejor la paso a ver cuando vaya nuevamente –dijo Karincita.

A ella le encantaba el estofado igual que a nosotros.

Después que Hugo se tomó unas copas de vino, contó su experiencia en la Guerra de las Malvinas. Huguín dijo que había llegado a las islas, un día después de que la guerra había terminado y se había emborrachado con los oficiales ingleses que celebraban el triunfo. Estos estaban felices de compartir con los oficiales chilenos a los cuales miraban como aliados.

Un rato después decidí irme a acostar. Al día siguiente, tenía que levantarme temprano para regresar a Santiago.

–Buenas noches a todos –dije.

–¿Por qué tan temprano? –preguntó Yannette.

–Mañana tengo una reunión con el editor de mi novela –contesté.

–Comparte con nosotros un poco más –dijo mi mamá.

–Me gustaría, pero tengo que estar en Santiago bien temprano –contesté.

–Yo manejo –dijo Yannette.

–Sí, pero tengo un compromiso mañana –insistí.

–Quédate un rato más –dijo Hugo.

–No puedo –contesté.

–Está bien –contestó Huguín.

Di las gracias y me paré de la mesa y caminé a mi dormitorio el cual estaba al lado del de los niños. Mientras trataba de dormir, el bullicio que venía del comedor, no me dejaba conciliar el sueño hasta que los demás se fueron a acostar.

CAPITULO XXII

Al otro día, mis hermanos, mi mamá, y yo nos levantamos como a las cinco de la mañana. Me vestí, tomé desayuno con los que regresamos a Santiago y caminé hacia el Jeep.

–Buenos días, señorita –dijo un empleado que andaba ocupado subiendo los bolsos al vehículo.

–Buenos días, ¡hace un poco frío! –respondí.

Afuera todavía estaba oscuro. Se notaba que había lloviznado. Adentro la chimenea del living temperaba la casa. Las hojas de los árboles estaban mojadas con el rocío.

Los demás se quedaron durmiendo. Algunos empleados ya se habían levantado. Después que nos despedimos, nos subimos al jeep y comenzamos el viaje rumbo a Santiago.

–Nos vamos –dije.

En el callejón nos encontramos con un empleado, quien nos deseo buen viaje.

–Gracias –le contestó mi mamá.

Luego que salimos del callejón, doblamos a la derecha. Algunos árboles al borde en ambos lados del camino tenían todavía algunas hojas verdes entre las hojas secas.

Como una hora después, las lomas del campo se veían

cubiertas de cañas de trigo con vacas y ovejas pastando. Por el camino divisamos a varios campesinos que iban a caballo. Nos saludaban con una venia sacándose los sombreros.

Más adelante, miré la hora en el reloj.

–Tenemos que apresurarnos –dije.

–Si, lo sé –contestó Huguín.

–No te preocupes. Llegaremos súper temprano a Santiago –dijo mi mamá.

–Sí, pero ya es un poco tarde –le contesté.

En el jeep, la calefacción temperaba el ambiente. De algunas casas salía humo por las chimeneas. Más tarde, el sol comenzó a salir. De vez en cuando, se sentía un olor a cebollas fritas y a pan tostado. Era temprano. Se notaba que la gente estaba desayunando. Atrás quedaron los fundos de trigo con sus casas grandes. Antes de llegar a Chillán, el sol brillaba. En la ciudad, vimos a muchos estudiantes que caminaban en ambos lados de la calle.

–Así me gustaría que los estudiantes leyeran mi novela – dije cuando vi a uno de ellos con un libro en la mano.

–No te preocupes, será un éxito –dijo Yannette.

Yo sonreí, imaginando a todos los jóvenes estudiantes leyendo mi novela. Algunos de ellos nos miraban y sonreían. El Range Rover atraía la atención porque era una marca nueva en Chile. Pasamos frente a varias poblaciones donde todas las casas se veían iguales.

–¿A qué hora tienes que ver al editor? –preguntó Yannette.

–A las diez de la mañana.

–Pensaba que era más tarde –dijo Huguín.

–Oh, no –contesté.

Luego entramos al centro de Chillán. Pasamos por el terminal de los buses que iban a Yungay. Había muchas personas que llegaban y salían del lugar. Vi varios buses que estaban, a esa hora, llenos de pasajeros. Varias personas caminaban con bolsos y maletas en sus manos.

Enseguida, pasamos por el mercado de Chillán donde vimos a varias personas comiendo. Otras vendían frutas y verduras al frente de sus puestos. Vimos que en uno vendían mote con huesillos y nos detuvimos para comprar. Las hijas de Yannette se encargaron de la compra. Mientras mirábamos alrededor, comíamos.

–Está riquísimo –dije.

–Hacía muchos años que no comías mote con huesillos –me dijo mi mamá.

–Sí, pero me acordaba de su sabor –contesté.

–El mote con huesillos es muy refrescante –dijo Yannette.

–Sí –dijo Titín.

Después de nuestra escala rápida en el Mercado de Chillán, el jeep entró a la carretera. Debo reconocer que me hubiese gustado bajarme por más tiempo en el Mercado de Chillán, para comprar cosas artesanales. Pero, luego pensé que era mejor esperar y comprar en Santiago.

El Jeep iba como a 100 kilómetros por hora, en la carretera.

–No te preocupes. Llegaremos a la hora –dijo Hugo.

Pensé llamar al editor, pero él me llamó primero.

–Hola, Victoria ¿cómo está? –escuché que me decía.

–Bien, gracias ¿y usted? –respondí.

–Bien, gracias. La llamo para pedirle que nos juntemos esta tarde o el próximo miércoles para conversar sobre el libro porque tengo un inconveniente para esta mañana.

–Mire Don Françoise, vengo de regreso a Santiago. Estoy a la altura de Talca, así es que prefiero que nos juntemos el miércoles. Dígame Ud. la hora.

Quedamos de juntarnos el próximo miércoles a las diez de la mañana en el café Tabelli de Manuel Montt. A mi siempre me gustaba de hacer las cosas importantes temprano.

–¿Qué pasó? –preguntó Yannette.

–No es necesario seguir tan rápido. El editor y yo decidimos vernos el miércoles –dije.

–¡Qué bien! –respondió Yannette entusiasmada.

–Ojala publique luego la novela –señalé.

Como una hora después, subí el volumen de la radio del jeep para escuchar mejor una canción que me gustaba. Mientras la escuchaba miraba el campo y pensaba que mi novela podría ser traducida a diferentes idiomas.

Horas más tarde llegamos a Santiago y dejamos la panamericana y entramos a calles angostas. Algunos estudiantes caminaban en las veredas. Unos rápidos y otros lentos. Otros estaban frente a las vitrinas de los negocios. Pensé que había sido una suerte que el editor me hubiese llamado para verme esta tarde o el miércoles, para conversar sobre mi libro.

Más adelante, el jeep tomó la Alameda. A medida que avanzábamos hacia Las Condes, notábamos mucho tráfico a pesar de la hora. Algunos esperaban los buses del Transantiago, que casi siempre se retrazaban.

Cuando pasamos por el frente del Paseo Ahumada, se veía un verdadero colmenar de personas que caminaban en todas direcciones. Se escuchaba música clásica.

Después que pasamos por Providencia finalmente llegamos a Las Condes. El jeep se detuvo frente a la casa. Como siempre, los empleados vinieron a encontrarnos. Ahí no había tanto smog en el aire. Bajamos y entramos al antejardín de la casa.

Las empleadas descargaron los bolsos del jeep. Una estaba limpiando los ventanales del segundo piso. Otra de las empleadas nos abrió la puerta de la casa y entramos.

–Buenas tardes, patrones, ¿cómo estuvo el viaje? –preguntó una de las empleadas.

–¡Muy bueno! –respondió mi mamá.

Algunas empleadas fueron a colocar las ropas en su lugar. Otras sacaron las cosas de comer de bolsos y las dejaron en el refrigerador. Esa tarde estaba bonita. Aún había harto sol. Mamá encontró que algunas habitaciones tenían olor a encierro.

–Abran las ventanas –dijo mi mamá a unas empleadas.

–Sí, señora –respondió una.

Una tras otra, las empleadas comenzaron a abrirlas.

CAPITULO XXIII

Ese día en la noche, en Santiago, hicimos un asado de longanizas. Nos paramos alrededor de una fogata de carbón bajo el parrón. Mientras las longanizas chirriaban asándose, nosotros sacábamos pedazos y contentos, las comíamos.

–¡Están deliciosas! –dije sonriendo.

–¡Buenísimas! –dijo Carmen, a quien llamábamos Camencho, aprobando mi comentario.

–A ustedes siempre les han gustado las longanizas hechas en el campo –dijo mi madre.

–Sí, claro. Son muy ricas –dijo Yannette.

Esa noche, el cielo estaba estrellado. Nosotros andábamos con chaquetones de lana. Hacía frío.

Las empleadas caminaban alrededor. Luego, nos sentamos a la mesa del comedor y comimos longanizas asadas, con ensalada de tomates y tortillas que habíamos traído del campo. Huguín destapó una botella de vino tinto. El corcho costó sacarlo pero al fin salió. Llenó los vasos de vino y brindamos por la armonía de la familia, tocando los vasos.

A menudo una empleada miraba si nos faltaba algo. Luego nos servimos el postre.

–Colóquele chocolate al postre de frutilla –le dijo mamá a la empleada a quien se le había olvidado.

–Bueno señora –respondió sonriente.

El ambiente estaba temperado por el calor de la chimenea que estaba al lado de un ventanal grande que daba a la terraza.

–Mañana me gustaría ir a la biblioteca de la Universidad Católica –dije.

–Hay muchos libros allí –contestó Yannette.

–¿Por qué quieres ir ahí? –preguntó Carmen.

–Quiero buscar libros de psicología cognitiva en castellano –contesté.

–¡Qué interesante! –dijo Yannette.

Mientras comíamos, Pierre llamó por teléfono. Una empleada le atendió.

–El señor Pierre la llama señorita Victoria –dijo la empleada.

–Gracias –le dije tomando el auricular.

–¡Hola Victoria! ¿cómo estás? –dijo Pierre.

–Bien, gracias ¿y tú?

–Te eché mucho de menos mi amor –me dijo Pierre.

–Yo también –murmuré amorosamente.

–¿Qué te parece si vamos a algún restaurante mañana? –dijo Pierre.

–¿Mañana? –pregunté.

–Sí –contestó.

Adentro de la casa se oía el bullicio de las conversaciones y de los platos.

–Me gustaría… pero mañana tengo que ir a la Universidad Católica –dije.

–¿Por qué no vas otro día? –respondió Pierre.

–De verdad no puedo –contesté.

–Veámonos mañana aunque sea por un ratito –me rogó Pierre.

–Sería mejor otro día –le contesté.

–¿Te puedo acompañar a la universidad? –preguntó Pierre angustiado.

–Bueno, está bien –contesté.

Acordamos juntarnos al otro día, en la tarde en la sección de psicología de la universidad.

CAPITULO XXIV

Pierre llegó primero que yo a la universidad. Me esperó, sentado en un sillón en la sección de psicología. Después de unos minutos, se paró y comenzó a hojear unos volúmenes sobre la percepción y entendimiento. Rato después, comenzó a caminar por el lado de unos estantes llenos de libros mientras pensaba que no podía vivir sin mi amor. Por eso, no le importaba esperar horas y horas por mí, pues no hallaba las horas de verme. A veces, cuando Pierre escuchaba pasos, miraba alrededor pensando que era yo.

Cuando llegué una hora más tarde, Pierre se apresuró amorosamente a saludarme con un beso.

–¡Mi amor estas aquí! –dijo Pierre.

–Sí, cariño.

–¡Como un enamorado Romeo esperaba por mi Julieta! –me dijo Pierre amorosamente.

–Mi amor, no hables de esa tragedia de Shakespeare –dije.

–No te enojes conmigo –dijo Pierre.

–No mi amor.

Me disgustó un poco cuando Pierre se acordó de esa

tragedia, pues quería que mi romance con él terminara bien. Pierre no quería hacer nada que me disgustara.

Sonriendo caminamos por el lado de estantes con libros de psicología. Pierre me besó y me dijo que me quería cuando se dio cuenta que no había nadie muy cerca.

Luego le dije a Pierre que me ayudara a buscar libros de psicología. El y yo comenzamos a buscarlos y a hojearlos parados al lado de los estantes.

–¿Te gusta el libro? –me preguntó Pierre cuando me vio fascinada leyendo uno.

–Sí está muy interesante.

–Yo pasé horas parado aquí –dijo Pierre.

–¡Pero eres periodista! –dije.

–Si… pero iba a ser psicólogo cognitivo –dijo Pierre.

–¡Qué coincidencia! –dije, mirándolo con curiosidad.

–Sí, a los dos nos gusta la psicología cognitiva –dijo Pierre y me besó.

Seguimos leyendo sentados en un escritorio al lado de los estantes y para descansar nos pusimos a conversar un rato.

–Es mejor que no te ilusiones conmigo –le dije, en voz baja.

–¿Por qué? –preguntó Pierre.

–En pocos días más me regreso a los Estados Unidos.

–No digas eso mi amor –dijo Pierre–, pero igual nos podemos ver.

–Yo creo que no –le dije.

–¿Por qué me rechazas? –preguntó Pierre.

Yo me sentía feliz con Pierre, pero no quería enamorarme de él.

Pierre me miraba y me decía que le fascinaba.

–¿Irías a Hawai a verme? –le pregunté.

–Sí, mi amor –dijo Pierre.

–¿Y tu trabajo, cariño? –le dije.

–Amor, yo me iría como corresponsal extranjero –dijo Pierre.

–¿De verdad me seguirías allá? –pregunté.

–Sí, pues nunca había querido a una mujer como te quiero –me susurró Pierre.

Pierre me besó cuando no habían estudiantes alrededor. Pero, cuando escuchamos algunos pasos, nos separamos y seguimos conversando y leyendo.

Durante un rato, leímos en silencio. Luego nos fuimos a sentar a unos escritorios que estaban al lado de unos ventanales. Horas después, salimos de la biblioteca y caminamos por un pasillo de techo alto. Varios profesores y alumnos caminaban conversando en voz baja. Algunos nos saludaban. Nos reímos cuando el intentó tomarme la mano mientras caminábamos por el pasillo, pero yo se la esquivé. Salimos de la universidad y nos fuimos caminando rumbo a algún restaurante del centro. Afuera, el sol todavía brillaba y no hacía mucho frío. Cuando habíamos caminado algunas cuadras, Pierre se inclinó hacia mí y me susurró.

–Te quiero.

Minutos después llegamos al Paseo Ahumada. Me molestaba ver tanta gente que caminaba para todos lados, pero me gusto la música clásica que se escuchaba.

Más adelante, Pierre me tomó la mano, sonrió, y me preguntó:

–¿Por qué camina tan rápido mi amor?

Yo sonreí y dije, –¿De verdad crees que camino rápido?

–Sí, mi amor.

Caminamos más lento. Más adelante, se inclinó y me besó cuando estábamos cerca de un quiosco en donde vendían diarios y revistas. Entonces fue cuando escuché que alguien había usado una cámara fotográfica. Pensé que nos habían tomado una foto.

Ese día el vestía un vestón beige sobre un suéter y pantalón café claro, camisa celeste y corbata granate. Yo andaba con una casaca de cuero blanca, un pulóver de cuello subido blanco y pantalón y botas al tono.

–Pasemos al Restaurante Ritz –me sugirió Pierre.

–No, gracias. Me esperan para cenar en casa.

–Amor llámelos y dígale que va a cenar conmigo.

–Prepararon una comida que me gusta mucho –dije.

–Mi amor, pasemos a tomar ni aunque sea un jugo – insistió Pierre.

–Sólo un jugo –le contesté.

Cruzamos algunas calles y luego llegamos al Paseo Huérfanos. Muchas personas iban y venían en todas direcciones. Pasamos frente a unas vitrinas que exhibían deliciosos platos de comidas. A mí se me hacía agua la boca. Tenía hambre. Los árboles en ambos lados del paseo, mecían sus hojas con la brisa tibia. Había escaños para sentarse en ambos lados del paseo.

Seguimos caminando mientras mirábamos las vitrinas de los restaurantes y tiendas con ropas. Nos detuvimos frente al Ritz. Entramos. Un garzón nos guió a una mesa cerca de una ventana.

Nos sentamos y pedimos jugos. La mesa estaba puesta con un mantel con bordados y servilletas blancas.

Minutos después el garzón nos trajo lo que habíamos pedido.

–¿Te gusta? –me preguntó Pierre.

–Está delicioso –contesté.

En el restaurante, se escuchaba música instrumental. Por

la ventana se veía un kiosco de diarios y revistas. Algunas personas se paraban a mirar la portada de los periódicos. Otros se sentaban en los escaños a mirar a su alrededor. Después que nos tomamos los jugos, caminamos por el Paseo Huérfanos. De pronto se puso a lloviznar. Nos paramos debajo de un árbol frondoso para protegernos. Al rato, la lluvia terminó y seguimos caminando. Más adelante, nos topamos con una pastelería que exhibía chocolates.

–¡Entremos a comprar chocolates! –dijo Pierre.

–Bueno –contesté.

Adentro, miramos las múltiples cajas de chocolates.

–¿Qué chocolates te gustan? –me preguntó Pierre.

–Los con nueces –contesté.

–Estos son muy buenos –le dije, probando una muestra de un chocolate que había en una bandeja. Esos chocolates tenían uvas, nueces y avellanas.

–Son muy ricos –dijo Pierre.

Pierre los pagó y salimos.

–¡Disfrútenlos! –dijo la vendedora sonriendo.

Salimos de la pastelería y continuamos caminando mientras comíamos chocolates. Después de haber avanzado un poco, comenzó a lloviznar de nuevo y nos apresuramos a tomar un taxi. Antes de tomarlo, Pierre me abrazó. La llovizna caía en nuestras caras. Pierre secaba la llovizna de mis labios con sus besos y yo sonreía. Las personas pasaban a nuestro lado presurosas, todas con sus paraguas desplegados. Luego hicimos parar un taxi, Pierre abrió la puerta para que yo subiera. Adentro del vehículo, Pierre me invitó a su casa. Le dije que no podía y que era mejor que el taxista nos fuera a dejar a la casa de cada uno. Mientras el taxista conducía, Pierre de nuevo trató de besarme. Pero yo torcía mi cara hacia la ventana. El taxista nos miraba por el espejo retrovisor.

–Los taxistas por costumbre son curiosos –pensé.

–¿Vamos a mi casa? –dijo Pierre.

–Me gustaría, Pierre, pero no puedo.

–¿Por qué?

–Tengo que corregir el manuscrito de mi novela.

A los pocos minutos, llegamos al frente de mi casa y el taxista se estacionó. Pierre se bajó primero y me abrió la puerta. Luego, caminamos hacia el porton frente a mi casa. Casi en la entrada del portón, me abrazó y me besó.

–Te amo –me dijo.

Yo sonreí y le dije, –me voy.

–No te vayas todavía –me dijo tomando mi mano cuando comencé a caminar hacia el portón de entrada.

–¡Te amo, entiéndeme! –insistió Pierre.

Me besó otra vez y caminamos hacia el portón, lo abrí y entré. El me quedó mirando desde afuera. Esa tarde había una brisa fresca. Los ventanales de la casa estaban cerrados, pero las cortinas corridas. Adentro, los faroles del jardín ubicados al frente de la casa, iluminaban el patio.

CAPITULO XXV

Pierre volvió a su casa. Yo encontré mi familia sentada a la mesa. Subí a cambiarme ropa y del balcón del segundo piso vi a Pierre caminando por la calle. Pensando en cuanto me quería, tomó un taxi como cinco cuadras más adelante. Las calles estaban vacías. Luego comenzó a lloviznar. Después fui a cenar con mi familia. Mientras lo hacía, pensaba que Pierre tiene que haberse sentido rechazado por mi. Mientras tanto, Pierre en el taxi, resolvió pasar a tomarse un trago para pensar sobre nuestro romance. Le dijo al taxista que se detuviera frente a un restaurante. Mientras la llovizna se transformaba en lluvia, Pierre entró al restaurante. La luz de éste, salía por los grandes ventanales y se reflejaba en la vereda. Pierre entró y se dirigió a una mesa situada al lado de una ventana. Un garzón fue a ofrecerle algo para beber.

–¿Qué se sirve señor? –dijo el mozo.

–Un whisky, por favor –dijo Pierre.

Mientras lo esperaba, Pierre pensaba en mí. Cuando el mozo se lo llevó, Pierre se lo tomó de un sorbo y pidió otro.

–¿Qué le pasa amigo? –le preguntó un hombre que lo miraba desde otra mesa.

–La mujer que quiero, no me ama –contestó Pierre.

–¡Ese es un cuento antiguo! Así son las mujeres, uno las quiere, pero ellas no –dijo el hombre bromeando a Pierre.

Mientras bebía el segundo whisky, Pierre pensaba como sería la situación si se casara conmigo, pero enseguida pensaba en que yo no lo quería. Casi ebrio, pagó el whisky y salió del restaurante.

–Buena suerte con la mujer que amas, amigo –alcanzó a escuchar que le decía el hombre que se quedó bebiendo en el restaurante. Afuera, Pierre tomó un taxi para llegar a su casa.

Minutos después, llegó a su hogar.

Aquella noche, Pierre casi no durmió. Se daba vueltas para uno y otro lado, pensando en mí. Se levantó a buscar otro trago de whisky. El solo pensar que yo volvería luego a los Estados Unidos, lo atormentaba. Pierre se había enamorado de mí como un loco.

Esa noche, la lluvia que golpeaba con fuerza los ventanales, no lo dejaba dormir. Pierre se levantó y caminó hacia el balcón. Afuera la lluvia mecía el follaje de los árboles mientras el tiritaba de frío.

El siguió tomando whisky en su casa, mientras miraba por la ventana hacia fuera.

–No puedo soportar la idea de no verla –decía acongojado mientras las lágrimas le corrían por sus mejillas.

Las hojas de los árboles se movían con el viento de la noche. Otras flotaban en la piscina, atrás de la casa. Pierre sonreía cuando se imaginaba que él y yo nadábamos jugueteando. El whisky lo hacía alucinar conmigo.

Totalmente borracho se quedó dormido con la ropa

puesta, sobre su cama. Al otro día, el chillido de los grillos lo despertó. Ese día tenía que leer las noticias en el noticiero de la tarde, a pesar de haberse embriagado en la noche, fue capaz de presentarla como lo hacía habitualmente porque lo vi mientras las daba.

PARTE II

CAPITULO XXVI

Por fin llegó el miércoles de la semana siguiente que tenía que juntarme con mi editor. Me estaba esperando en el café Tavelli, sentado frente a una mesa ubicada al lado de una ventana. Cuando me acerqué a su mesa, me reconoció y por tratar de levantar la mano para saludarme, dio vuelta un jugo que estaba tomando. Yo sonreí mientras me acercaba para saludarlo. Después que nos presentamos, me senté frente a él. Puse el manuscrito de mi novela sobre la mesa.

–¿Su manuscrito? –me preguntó el editor.

–Sí –le dije pasándole los originales de la novela.

Mientras el leía el manuscrito, pedimos jugos de naranja con queque.

–Me gustan sus descripciones –me dijo el editor.

–Gracias –dije sonriendo, mirándolo a los ojos.

Pasamos un largo rato conversando sobre la temática de la novela. En el restaurante se escuchaba una agradable música.

–¿Le parece bien que tengamos una nueva reunión, el próximo día lunes en mi oficina? –me consultó.

Quedamos de juntarnos el lunes de la próxima semana

a las 10 de la mañana. Mientras salíamos del café, miró los originales como si hubieran sido algo muy importante.

—Lo leeré con atención y le diré mi opinión —me dijo el editor.

—Sí por favor, sea franco —respondí.

—Sí —dijo sonriendo. Soy súper exigente.

Y se largó a reír y yo también nerviosa, me reí.

—Estoy muy agradecida de que se haya interesado en conocer mi novela —le dije.

—Leeré el manuscrito y se lo devolveré cuando nos veamos de nuevo —me dijo mientras nos despedíamos con un beso.

Luego cada uno subió a su vehículo. En mi Range Rover conduje por Avda. Providencia en dirección al centro de Santiago. Necesitaba dinero para comprar papel y un pendrive. Por eso tenía que pasar al banco a cambiar algunos dólares. Mientras conducía, pensaba feliz que mi novela estaba siendo considerada por una de las editoriales más prestigiosas del país.

Ese día había mucho tráfico. Mientras esperaba que el semáforo diera la luz verde, subí el volumen de la radio para escuchar mejor una canción romántica que me gustaba. Me hizo llorar mientras pensaba en el significado de mi novela. En ambos lados de la calle se veían vitrinas llenas de ropas. Las personas caminaban por las veredas, algunas usaban ropas deportivas y otras, unas más tradicionales. Más adelante, pasé frente a varios restaurantes. Se percibía olor a empanadas y papas fritas. Había comido, pero sentí enormes deseos de estacionarme y pasar a comer unas cuantas empanadas. Como veinte minutos después, el tráfico se detuvo cuando doblé a la derecha. Mientras esperaba, me acordé que había una marcha de protesta de los estudiantes hacia el centro de Santiago. Todos los vehículos empezaron a tocar sus bocinas. A los lados de la calle, se veían personas que subían y bajaban de los autobuses. Despúes de un rato se percibía un fuerte olor a azufre.

Más adelante, pude ver en la calle un grupo de personas que se empujaban entre ellos. Algunos sostenían letreros con escritos que decían "mejor educación." Luego sentí un ardor en mis ojos como si hubiese tenido jugo de cebolla o arena en ellos. Los carabineros, para dispersar la manifestación habían tirado bombas lacrimógenas. Los estudiantes corrían gritando y tocándose los ojos en todas direcciones. Cerré la ventanilla del jeep, pero igual me desesperé y me sentí furiosa. Luego, sentí nauseas. Afuera se escuchaban los gritos de los estudiantes y de los policías que trataban de calmar la situación.

Una hora más tarde, más o menos, pude salir del lugar de la protesta cuando doblé a la derecha otra vez. Por fin pude llegar a un banco, pero estaba cerrado. Pues sus trabajadores, como los estudiantes, también estaban protestando. Frente al banco, había muchos papeles en el suelo con diversas consignas. No pude entrar. Minutos más tarde salí del bullicio y me estacioné al frente de otro banco. Ahí logré cambiar dólares y retorné al jeep. Luego, conduje por el centro de Santiago y despúes por Providencia. Más tarde, mi jeep iba como a cien kilómetros por hora por la Costanera, pues quería llegar rápido a mi casa. Luego, cuando quise llamar a casa, me di cuenta que mi celular se me había descargado.

CAPITULO XXVII

Cuando llegué a la casa, estacioné el jeep en el patio y luego entré. Mi familia estaba cenando. Como en coro me preguntaron como me había ido.

–¡Muy bien! –contesté.

–¡Felicitaciones! –me dijeron aplaudiendo.

En la casa se oía música clásica mientras la familia comía. Después que puse un ejemplar de mi libro sobre la mesa, me senté y seguí cenando con ellos.

–¿Te ves preocupada? –me preguntó mi hermana Carmen quien era muy seria pero compadecida.

–¿Por qué dices eso? –pregunté.

–Me da esa impresión –dijo Carmen.

–¡Sí, en realidad!

–No te preocupes, ¡el editor ya se interesó en tu novela! Tendrás éxito –dijo Carmen.

–¡Hay, ojalá Dios quiera! –contesté entusiasmada.

Esa noche, luego de haber cenado, nos sentamos en los sillones del living mientras escuchábamos una agradable música clásica. Al frente se veían los ventanales grandes y una hermosa lámpara que brillaba en el techo. Por un rato, incliné el sillón hacia atrás y pensé en mi novela. Afuera de la casa se escuchaba el ladrido de un perro que había sido el regalón de mi papá. Ahora lo era de mi mamá.

Ese día, nos acostamos temprano. Me saqué las botas sentada en mi cama de dos plazas que tenía un cubrecama rosado y sábanas blancas. Mi dormitorio tenía un ventanal muy grande ubicado al frente. Durante un rato, me senté en la cama y leí la novela. Antes de quedarme dormida, miré la luz que entraba por la ventana. Mientras lo hacía, comencé a recordar cuando mis papás distribuían los regalos para Navidad. Nos alegrábamos tanto, que gritábamos de felicidad.

Al día siguiente, desperté antes del amanecer. Sin hacer ruido me levanté, encendí la luz, y luego caminé a la biblioteca. En la sección de psicología, busqué un volumen de psicología cognitiva. Me incliné para tomar un libro. Con él en la mano me senté en el suelo y luego comencé a hojearlo. No podía concentrarme cuando me acordaba de mi padre y se me caían las lágrimas. Después de un rato me paré frente a la ventana. Afuera, el viento soplaba y mecía las hojas de los árboles.

CAPITULO XXVIII

Estaba todavía oscuro, por eso, me fui a acostar nuevamente y soñé que estaba casada con un inglés y que teníamos una hija de cinco años. Ella tenía los ojos celestes. Cuando íbamos subiendo a un avión desperté. Sonreí cuando recordé el sueño mientras el sol entraba por la ventana.

Durante un rato, me quedé en la cama recordando escenas del sueño. Pero, me puse muy triste cuando el sueño me hizo recordar a un profesor de psicología cognitiva quien se enamoró de mí, pero se suicidó cuando pensó que no lo quería tirándose de un barranco. Se me caían las lágrimas cuando pensé que la verdad es que yo también estaba enamorada de él y me había costado mucho sobreponerme a su muerte. Enseguida bajé a tomar desayuno con el resto de mi familia.

Después que desayunamos, fuimos a la casa de mi hermana mayor Magaly. Esa mañana hacía mucho frío. Nos pusimos unos chalecos de lana y partimos a su casa que estaba en San Bernardo. La carretera estaba despejada a esa hora. El jeep corría a ciento veinte kilómetros por hora. A la entrada de la casa grande de mi hermana, detuvimos el jeep. Una empleada andaba en el patio. Cuando nos vio, se apresuró a encontrarnos. Adentro de la casa blanca, se veían pinturas y esculturas. Después que nos sentamos en los sillones del living, conversamos.

Luego nos paramos para mirar alrededor. Caminando por un pasillo con techo alto, miré retratos de la familia en ambos lados. Al frente de uno de ellos, me paré a mirar el retrato de mi padre.

–Mi padre sale muy bien y vive en nuestras memorias – pensaba, mientras miraba su retrato.

–¿Se ve bien? –dijo Magaly.

–Sí –respondí.

En la fotografía, salía casi igual como era antes en un traje de baño que lucía en la playa. Se destacaba su piel blanca, tipo inglés junto a su familia. Me recordaba cuando lo vi antes de irme a los Estados Unidos. Entonces, mi hermana me dijo que la siguiera al living.

–Victoria, siéntate para mostrarte algo –me dijo.

Mi hermana me mostró fotos de mi padre, antes de morir. Las lágrimas brotaron de mis ojos, sin poder detenerlas.

–Siempre fue fotogénico –dijo Magaly.

Tomé un álbum con fotografías. Estaba mirándolas, cuando mi hermana me dijo que las habían sacado en Reñaca cuando habían ido a un recinto de médicos. Ella y su esposo eran doctores. Hice un esfuerzo para que mi hermana no me viera llorar. Mi padre se veía muy delgado. Después vimos unas fotografías donde mi padre salía en el campo.

–Los trigales en el verano, eran un paraíso para mi padre –dijo Magaly.

–Desde el cielo, todavía tiene que cuidar su fundo –dije.

Luego mi madre llegó al living y se sentó al lado de nosotras.

–Victoria, ¿estás mirando las fotografías que nos sacamos este verano? –dijo mi mamá.

–Si, mamita –contesté.

–Cuéntenme de papito, ¿por qué enflaqueció tanto? –pregunté.

–El estaba bien, pero enflaqueció derepente unos meses atrás –contestó mi mamá.

–Yo no sabía –contesté con mi voz quebrada mientras la pena me hacía llorar.

Ese verano del año 2008, fue la última vez que visitó su casa grande en Yungay y su fundo. Pero ya no se sentía bien. Caminaba más lento. Pero su cabeza seguía impecable.

Adentro de la casa se sentía un rico olor a cebollas fritas. Estaban preparando el almuerzo en la cocina. Luego, Magaly nos invitó que pasáramos a la mesa. Antes, fuimos a uno de los baños a lavarnos las manos. En la mesa del comedor, me senté al frente de mi hermana Yannette, mis hermanos quedaron a los lados, y mi mamá de cabecera de mesa. En el centro de la mesa había vino tinto y una panera llena de pan. Mi hermano Hugo fue el encargado de descorchar la botella de vino. Después que llenamos los vasos, brindamos haciendo chocar las copas. Mientras comíamos, conversábamos. Comimos de entrada langostas con ensalada surtidas, de fondo cazuela de pollo, asado de vacuno con ensalada de tomates y de postre, frutilla con chocolate y castañas al almíbar. Una empleada nos servía y se preocupaba de que no faltara nada en la mesa.

A mi hermana, le gustaba escuchar música clásica. La chimenea tenía temperada la casa. Luego la empleada se dio cuenta que los vasos estaban vacíos y los llenó.

–Gracias –dijo Magaly.

Seguimos comiendo y conversando.

–La cazuela de pollo me encanta –dije.

–Yo siempre les hacía cazuela –dijo mi mamá.

–Sí, y porotos con zapallos –dijo Carmen.

Después que comimos, conversamos y bebimos. Nos paramos de la mesa y nos sentamos en el living. Después de algunas horas, mi mamá dijo que deberíamos regresar.

–¿Qué? –preguntó Magaly.

–Vamos a regresar –contestó mi mamá.

–Es temprano todavía, mamita –dijo Magaly.

–Sí, pero Victoria tiene que terminar su novela –dijo mi mamá.

–¿Por qué tan apurada? –preguntó Magaly.

–Por el tema de la publicidad –contesté.

Rato después, la empleada nos ofreció un café mientras conversábamos.

–¡Qué felices estamos de tenerte acá! –dijo Magaly.

–Tantos años que no venías –dijo Carmen.

–Ahora vendrás por harto tiempo –dijo Magaly.

–Sí –dije sonriendo.

–¿Victoria, por cuánto tiempo vienes? –preguntó Magaly.

–Por dos meses –contesté.

–Ojalá pudieras quedarte más tiempo –dijo mi mamá.

–Trataré de regresar en el verano –contesté.

Tomamos el café y después mi hermana nos sirvió queque en una bandeja.

–Me gusta mucho el queque –dije.

–A todas les gusta –dijo mi mamá.

–¿Quieres volver a los Estados Unidos? –preguntó Yannette.

–Sí, pero también quiero estar aquí –contesté.

Aquella noche, después que nos despedimos, salimos caminando por el costado del jardín hacia el jeep. En el jeep,

Huguín manejó y mi mamá se sentó a su lado. Los demás nos sentamos atrás. Ya era tarde. Afuera estaba helado. La brisa fría entraba por una de las ventanillas. En ambos lados de la calle se veían árboles sin hojas. Algunas se veían húmedas sobre el pasto verde. Pasamos por el centro de San Bernardo. Luego doblamos a la derecha. Se veían casas uniformes y sin jardines y con muchos grafitis. Las ventanas tenían protecciones de fierro. De vez en cuando, se veía un vehículo o alguna persona con parca caminando por la calle. Las luces de las casas estaban casi todas apagadas.

CAPITULO XXIX

De regreso, los faroles iluminaban a ambos lados de la carretera la cual estaba despejada. De vez en cuando, se escuchaba el chirrido de los frenos de otros vehículos. El jeep seguía su marcha mientras nosotros recordábamos el pasado.

–Esta noche me recuerda cuando viajábamos al campo en el tiempo de cosecha –dije.

–Este año iremos a la trilla sin nuestro papá –dijo Yannette quien era su hija menor y su regalona.

Entre lágrimas, pensé que ojala las cosas no cambiaran mucho, con la ausencia de mi padre. Mi familia era rica por eso me preocupaba que algunos de mis hermanos fuera a cobrar su herencia. Sabía que muchas familias ricas se habían destruido a causa de peleas por eso.

El jeep iba como a cien kilómetros por hora.

–¿Por qué no disminuyes la velocidad? –dije.

–Aquí se maneja rápido –dijo mi hermana Yannette a quien llamábamos Yani.

Entonces, Yani subió el volumen de la radio cuando tocó la canción "Foreigner," en inglés, la cual era muy popular cuando estábamos más jóvenes.

–Esta canción es muy bonita –dijo mi hermano Hugo.

–Sí. En Hawai fui a un recital de este cantante –dije.

–¡Qué interesante! –dijo mi mamá.

Yo les conté como era el cantante y luego conversamos de otras cosas.

Minutos más tarde, comenzó a lloviznar. Hacía un poco de frío. La noche estaba hermosa y muy estrellada. Se parecía a esas noches de verano cuando íbamos al sur. El viaje por la carretera duró como una hora. Luego entramos a Santiago centro. A esa hora se escuchaba mucha bulla en la ciudad y muchas personas caminaban en todas direcciones con ropas multicolores.

Minutos más tarde, pasamos por el sector Estación Central. Vimos muchas casas grandes transformadas en negocios, con sus murallas rayadas con grafitis, en ambos lados de la Alameda. Esta se notaba distinta que antes. Ese día, se veía con dos pistas, una para los taxis y los buses de segunda mano que compraron y la otra pista para los autos particulares. Me había dado cuenta de que esos buses eran detestados por la mayoría de los chilenos.

De a poco, a través de conversaciones y noticias en la televisión, yo me había enterando del descontento que la gente tenía a causa del Transantiago. Yo también sentía tristeza y compasión por las personas que sufrían a causa del mal funcionamiento de esos buses. Más tarde, la llovizna terminó cuando entramos a Providencia. En las vitrinas de las tiendas con luces, en ambos lados de la avenida, exhibían ropa de mujer y de hombre.

–Me gustaría venir a comprarme ropa –les dije mientras mirábamos las vitrinas.

–Vamos al Parque Arauco mañana –dijo Yannette.

–Sí me encantaría –respondí.

Esa noche, acordamos de ir allí el día siguiente.

CAPITULO XXX

Al otro día, desperté cuando el sol entraba en mi dormitorio, pero hacía un poco de frío. Me levanté temprano, pero algunos ya se habían levantado. Cuando caminé al balcón del comedor, encontré algunos de mis hermanos caminando mirando los pájaros que cantaban entre los árboles alrededor de la piscina.

–¡Qué bonito cantan los zorzales! –dije.

–¡Hola, hola, Victoria, ¿cómo amaneciste? – repondió Hugo.

Durante un rato conversamos animadamente. Luego bajé a desayunar con los demás. Esa mañana, los niños estaban entusiasmados por ir a jugar en el jardín, pues querían competir saltando. Por eso, comieron rápidamente, y luego se fueron corriendo al jardín. Llegaron ahí primero que nosotros. Un rato después, observamos a los niños mientras ellos saltaban cantando canciones en inglés que yo les había enseñado. Los niños reían más cuando nos vieron.

Luego, Ramón, uno de los empleados quien era el más gracioso, apareció en el jardín con un conejo en sus brazos. Los niños corrieron a acariciarlo.

–¿Les gusta el conejito? –preguntó Ramón cariñosamente. Los niños respondieron casi en coro –Siiiii.

Yo pensé en la filosofía de Rousseau cuando vi que los niños reían felices en medio de la naturaleza. Por un rato, recordamos lo contentas que nos sentíamos cuando jugábamos a la escondida.

–Sí, pero te acuerdas que también nos encantaba saltar –dije sonriente.

–Me fascinaba –dijo Yani.

Luego el trabajador dejó a los niños con el conejo y se puso a podar los rosales alrededor del jardín.

–Al *chapoar* estos rosales crecen mucho más bonitos –dijo el jardinero mientras los podaba.

Luego, dejamos trabajando al empleado y caminamos a la piscina con los niños. Mientras caminábamos conversábamos.

Yannette me dijo, –Mi padre quería mucho sus árboles frutales pues él los había plantado.

–Ahora tiene que estar mirando del cielo como sus trabajadores cuidan muy bien su jardín –dije.

–Mi padre con compasión cubría las grietas de los árboles, pues le gustaba mucho la agricultura –dijo Yannette.

–Sí, el quería a sus árboles como a seres humanos. A veces cuando estos se movían, el los regaba, para que crecieran y se dieran buenos frutos –dije.

–Tenía mucho amor por la naturaleza, por eso el mismo a veces podaba el parrón para que no crecieran tanto las ramas.

–Es como si el árbol hubiese sido una persona –dijo Yannette.

A mi padre le gustaba compartir el amor por la naturaleza con sus hijos. Así seguimos recordando el pasado.

–El legado que nos dejó nuestro padre fue el amor por la naturaleza –continuó diciendo Yannette.

–Sí –respondí.

A la hora del almuerzo, volvimos a la casa. Después fuimos al Parque Arauco.

En el shopping, caminamos por el medio de un pasillo de mármol. Había muchas tiendas, con grandes ventanales que mostraban la ropa de la temporada. Felices mirábamos las vitrinas. A veces nos deteníamos frente a algunas y entrábamos.

–Me gustan esas botas blancas –dije mirando una vitrina.

–Sí, están muy bonitas –dijo mi mamá.

Entramos al negocio, me senté en un sillón, y una vendedora me trajo unas y me las probé. Me quedaron muy bien. Eran de cuero.

–Son las mejores botas. Es el mejor cuero –dijo la vendedora.

–Son bonitas y buenas –dijo Yannette.

–Bueno, las compro, pero por favor tráigame más botas de las mismas, pero en otros colores –dije.

–Sí, como no –dijo la vendedora.

Mientras me las probaba sonreía pensando como me las encontraría Pierre. Me compré varias.

–¿Hay algo más que desee ver, señorita? –preguntó la vendedora.

–Sí, quiero comprar un cinturón de cuero blanco –dije mientras mi mamá y Yannette se probaban botas y zapatos afanadas, pues también tenían una obsesión por ellos.

Compramos varias cosas y luego salimos de la zapatería y fuimos a comprarnos más ropa. De tanto caminar, nos dolían los pies y cuando vimos un restaurante me dio sed y hambre.

–Pasemos a servirnos un jugo –dije.

–Sí –dijo mi mamá, pues se había disgustado un poco por verme tan regodeona para la ropa.

Después de comer y beber algo, seguimos vitrineando por chaquetas de cuero. Pero no habían de las que yo quería, por eso tuve que encargar una la cual llegaría la semana siguiente. Luego regresamos a casa.

CAPITULO XXXI

El viernes de la semana siguiente, fui nuevamente al Parque Arauco para comprarme la casaca de cuero que me gustaba muchísimo, pero esta vez fui sola. Ese día andaba mucha gente. Cuando llegué a la tienda, le pregunté a la vendedora si había llegado mi chaqueta.

–Sí, señorita. ¿Se la quiere probar? –preguntó la vendedora.

–¡Claro! –contesté.

Me la probé y me quedó bien. La compré y salí de la tienda.

Me puse a caminar, mirando que más podía comprar. Estaba en eso cuando de repente, me encontré con Pierre. Se veía muy elegante con el pelo más corto y ropa deportiva marca Polo. Nos saludamos de beso. Yo andaba con un suéter blanco, pantalón al tono, y botas blancas. Nos sentimos felices de habernos encontrado por sorpresa. Lo encontré más atractivo.

Saliendo del shopping, me di cuenta de que había pasado mucho tiempo dentro del centro comercial. Seguimos caminando y pasamos por el frente de varios restaurantes. Más adelante, nos detuvimos frente a uno que tenía mesitas con quitasoles. Nos sentamos en una de ellas que me recordaron las que hay en los restaurantes de Paris y que el escritor Hemingway describió en sus novelas. A nuestro alrededor, algunas personas comían papas fritas con coca-cola o milk-shakes mientras conversaban por sus celulares.

Tomamos el menú que estaba en la mesa y yo pedí un jugo de frutilla y él también. Ese día, en el restaurante, no había muchas personas. Mientras tomábamos el jugo conversábamos.

–¿Viniste a comprar?

–Sí, me compré una casaca de cuero que me fascinó –dije.

–¿La puedo ver? –me preguntó.

–Si ¿por qué no? –le respondí sonriendo.

–Estaba bromeando.

Seguimos conversando y me comentó que a él le gustaba ir a ese mall porque vendían muy buena ropa. Cuando terminamos de comer, él me dijo que tenía que ir a su oficina y que lo acompañara. Su oficina en el canal de televisión estaba cerca. Mientras caminábamos, comenzó a lloviznar. Las hojas de los árboles se movían y de ellas goteaba agua. Al poco rato, llovía torrencialmente. Pierre abrió su paragua y me dijo que lo tomara del brazo. Caminamos rápido para no mojarnos. A pesar de que era una lluvia repentina, Pierre andaba con su paraguas.

Cuando habíamos caminado como una cuadra, el paraguas se dio vuelta y se lo llevó el viento. Pierre corrió detrás de él riendo mientras yo lo miraba. El agua nos corría por la cara y la ropa. Pierre pudo tomarlo. Seguimos caminando hacía el estacionamiento rápidamente. Mientras caminábamos, Pierre me susurró:

–¡Te quiero mi amor!

Yo, en ese momento vi unos ricos queques y tortas en la vitrina de una pastelería. Se me hizo agua la boca.

–¿Qué te parece si pasamos a comer queque? –dijo Pierre.

–Me encantaría, pero estoy haciendo dieta –dije sonriendo.

–Cómete uno. No creo que te engorde –dijo Pierre.

–Está bien.

En la pastelería, sonreímos mientras elegíamos un queque. Después que nos sentamos en una mesa, pedimos uno con nueces para cada uno. Mientras comía pensé que me gustaba Pierre, pero lo extrañaría cuando me fuera a los Estados Unidos.

–¿Estás preocupada? –dijo.

–No, ¿por qué? –pregunté.

–Te vez preocupada.

Después que comimos, salimos. Afuera, seguía lloviendo. Corrimos bajo la lluvia hasta el estacionamiento. En su vehículo, fuimos a su oficina y de regreso Pierre me invitó a su casa, pero yo le dije que me gustaría, pero que tenía que revisar los capítulos que había escrito en la mañana.

–Está bien mi amor, pero dime que me amas –dijo Pierre.

–Te amo, te amo –le dije amorosamente mientras Pierre me interrumpió con un beso que casi no me dejaba respirar.

Después, me fue a dejar a casa. Durante el camino, él apretaba mis manos entre las suyas.

A la mañana siguiente, desperté temprano. Durante un rato, me quedé en la cama pensando en Pierre. A él le había pasado lo mismo. Esa semana me vi varias veces con él y quedamos de jugar tenis el sábado.

CAPITULO XXXII

El sábado en la mañana el sol brillaba y hacía un poco de frío cuando Pierre iba llegando a la mansión de mi familia. Sonrió de contento cuando aparecí en el balcón del segundo piso.

–¡Bonjour, Victoria! ¿cómo estás? –me dijo.

–Bonjour. Lista para jugar tenis –respondí sonriendo.

Enseguida bajé a la terraza donde mis hermanos también esperaban jugar tenis y saludé a Pierre con un beso.

–¡Como hace frío, esta regio para jugar tenis! –dijo Pierre.

–Sí, muy bueno –contesté.

Entonces, yo fui a buscar mi raqueta. Los demás tenían las suyas en sus manos. Luego, conversando nos fuimos a la cancha, yo vistiendo una tenida deportiva que había comprado en Paris cuando realizaba mi doctorado en literatura francesa en la Universidad de la Sorbonne.

–Te ves muy bonita –me dijo Pierre.

Yo sonreí y dije, –gracias… es un recuerdo de la Sorbonne.

Yo pensaba en mi padre que a veces jugaba tenis. Luego, mientras jugábamos las hojas amarillentas cafezozas de los árboles cercanos caían sobre la cancha.

Mi mamá quedó conversando con algunas amigas del centro de madres. A menudo se reunían para hacer beneficios para las personas pobres.

Mientras jugaba tenis con Pierre, pensaba que me gustaba y lo encontraba muy buen mozo.

Ese día, los dos andábamos usando ropa deportiva celeste con blanco por coincidencia. Después de un rato, competimos mientras algunos aplaudían sentados en un escaño verde al frente de la cancha.

–Va ganado Victoria –dijo uno de ellos en alegre griterío, mientras los demás aplaudían gritando también.

–¡Esperen un rato más y yo también ganaré! –dijo Pierre graciosamente.

Luego ganó otro y al final todos ganamos.

Después que jugamos tenis, Pierre y yo nos sentamos en el jardín al lado de la piscina, mientras los demás caminaron adentro de la casa.

–¡Mira, Pierre! –dije señalándole el agua de la piscina.

–¿Qué? –preguntó Pierre con curiosidad.

–La vista se ve como una escena de una pintura de Monet –contesté.

–Sí –dijo Pierre.

–¿Piensas que Monet se parece un poco a Hemingway? –dije.

–Claro que si porque como Hemingway, el también muestra descripciones de las diferentes estaciones del año –dijo Pierre.

El sol brillaba y se levantaba una brisa refrescante.

Los grillos y los pájaros como en la primavera cantaban alrededor de nosotros.

–¿Qué es lo más importante para un escritor? –me preguntó Pierre.

–La pasión por escribir –dije.

–Yo pienso que la escritura es un misterio que se descubre escribiendo –dijo Pierre.

–Sí, es verdad. El escritor crea un mundo con palabras –dije.

A través de la ventana, se veía mi hermano Hugo que leía un diario mientras tomaba un jugo. Mi mamá caminaba de una pieza a otra. Esa tarde, Pierre me invitó a un restaurante y quedamos de juntarnos a las siete.

CAPITULO XXXIII

A la hora acordada, Pierre me pasó a buscar. Yo no estaba lista todavía. Me esperó sentado en un sillón del living escuchando música. Un empleado le sirvió un jugo de frambuesa mientras me esperaba. Pierre no hallaba las horas de verme y salir, por eso, miraba su reloj impacientemente. Cuando estaba lista, bajé las escaleras anticipando pasarlo bien con Pierre. El sonrió feliz cuando me saludó con un beso. Enseguida salimos. Ese día él se vistió con terno claro y corbata rosada y zapatos café. Mientras el vehículo avanzaba en medio de mucho tráfico, Pierre a veces me tomaba la mano y me decía, –Je t'aime.

–Moi, aussi.

–Cuando no te veo te hecho mucho de menos –me dijo Pierre amorosamente y me besó.

Nos costó llegar al restaurante. Estaba temperado adentro del vehículo, pero afuera hacía mucho frío. En la radio, decían que había solamente diez grados. Cuando pasamos frente a Almacenes Paris, me acordé de mi padre cuando íbamos a comprar allí los regalos para la Navidad.

En otoño se oscurecía mas temprano y hacía mucho frío.

Los faroles de las calles iluminaban poco. Cuando llegamos al restaurante, Pierre se bajó primero y me abrió la puerta del vehículo y caminamos hacia allá. Pierre tenía reservada una mesa al lado de la ventana.

En seguida, un mozo nos vino a preguntar que queríamos. Con el menú en la mano, ordenamos la cena.

–Asado con puré y ensalada de tomates. Como postre, duraznos con crema –dije.

–Gracias ¿y usted que se sirve señor? –preguntó el mozo a Pierre.

–Lo mismo, por favor, pero al mío agréguele ensalada de lechuga y por favor una botella de vino tinto.

Nosotros conversamos mientras esperábamos la comida y el vino. Adentro se escuchaba música clásica. Ese día no había mucha gente.

Después el mozo volvió con las bandejas con comida. Al medio colocó la botella de vino tinto y la comida al frente de cada uno. Antes de comenzar a comer hicimos un brindis con vino tinto.

–El vino está muy dulcecito –dije saboreándolo.

–Sí, muy bueno –afirmó Pierre.

Entonces comenzamos a comer mientras conversábamos. Me di cuenta que se había peinado de otra manera.

–¿Por qué te peinaste de otra manera? –le pregunté a Pierre.

El sonrió y dijo, –¿De verdad quieres saber?

–Sí.

Pierre me contó que cuando fue a estudiar periodismo a la Universidad de Harvard en Boston, Massachusetts, había trabajado para la CIA de los Estados Unidos. Por eso a veces le daba miedo vivir en Chile.

Frente al restaurante de Vitacura había un hotel de lujo del cual vio salir un agente secreto de las Naciones Unidas que había conocido en los Estados Unidos.

Me dijo que en ese tiempo era peligroso haber sido un ex miembro de la C.I.A.

–¿Por qué? –pregunté.

–Porque nos pagaban para comer en restaurantes lujosos para sacar información de criminales, personas corruptas, o para enseñarle a otros agentes secretos como comportarse –dijo Pierre.

Seguimos comiendo y conversando. El garzón venía a veces a preguntarnos si necesitábamos algo. Adentro estaba bastante temperado. A mi siempre me había interesado todo lo que tenia que ver con agentes secretos y sobre todo los de los Estados Unidos e Inglaterra, por eso lo escuché entusiasmada y gran curiosidad. Luego, conversamos de otras cosas.

–¿Cómo te ha ido con tu novela? –preguntó Pierre.

–Cada día me gusta más lo que escribo –dije sonriendo.

–¿Cómo va a terminar? –preguntó Pierre con curiosidad.

–Con su publicación –contesté sonriendo ya que todavía no lo tenía claro.

Luego llegó un grupo de mujeres y yo me coloqué celosa cuando Pierre miró a una que lo miraba desde una mesa al otro lado del restaurante.

–¿La conoces? –le pregunté.

–¿Por qué me preguntas eso? –preguntó Pierre.

–¡La mirastes! –dije.

–Amor, no seas celosa –dijo Pierre inquieto.

–¿Yo celosa? –dije un poco disgustada.

–Sí, amor.

–Mientes, yo no soy celosa –dije sugiriendo regresar a casa.

Pierre encogía sus hombros mientras me pedía disculpa por haber mirado a esa mujer. Yo traté de disimular que no estaba celosa, pero estaba súper enojada, pues me había sentido humillada cuando él miró a la otra mujer.

Un rato después, nos paramos y salimos del restaurante. Mientras caminábamos hacia fuera me dijo:

–¿Cuándo podemos vernos de nuevo?

–No sé –contesté furiosa.

–¿Por qué?

–Creo que no deberíamos vernos más –le dije.

–No me digas eso –protestó Pierre.

–Creo que es mejor –dije.

–Victoria, no me digas eso –me contestó Pierre con voz quebrada.

Durante un rato, caminamos en silencio. Más tarde trató de besarme pero yo no le acepté, pues todavía estaba enojada. Intentó hacerlo de nuevo y yo no se lo permití, girando mi cara. Seguí caminando rápido. Como una cuadra más adelante se puso a lloviznar mientras Pierre trataba de acercarse a mí.

–Victoria, por favor escúchame –me dijo.

Antes de llegar a la otra cuadra, Pierre me alcanzó, me tomó de un brazo, y me besó, pero yo le di una cachetada y continué caminando. Nervioso y desesperado, él se paró al borde de la vereda y me vio partir de su lado apresuradamente sin volver mi cabeza atrás. Mientras me alejaba de él, sentía que lo quería, pero por orgullo quería humillarlo también y que me rogara. Antes que me perdiera de vista, Pierre corrió hasta mí. –Te quiero, mi amor –me decía todo empapado por la llovizna.

Yo seguí caminando, pues quería que me rogara por haberme hecho sentir mal cuando miró a la otra mujer. A veces, tragaba un poco de agua que me corría por la cara. Más adelante, me tomó de un brazo y me dijo.

–Se que me quieres.

–No –respondí.

–Mientes –dijo Pierre angustiado.

–Te equivocas –respondí.

Después, cuando pasamos por el lado de un árbol, me tomó de un brazo otra vez.

–Dime que no me amas –dijo Pierre.

–No te amo –le dije.

–Te quiero –me dijo y me abrazó y besó con fuerza entre sus brazos.

Lo dejé que me besara mientras las gotas de agua de los árboles caían en nuestras caras. Luego, caminamos hacia el estacionamiento. Cruzamos una avenida y llegamos. Pierre quería que nos juntáramos al día siguiente, pero yo le dije que lo iba a pensar y que lo llamaría.

Cuando llegué a la casa, me despedí de Pierre con un beso, bajé, y corrí hacia dentro para no mojarme. Algunos se habían acostado, otros veían televisión, y el resto estaba conversando en el living.

Esa noche, subí a la biblioteca para revisar mi novela y corregir cualquier error que hubiese en ella. Algunos de mis hermanos estaban leyendo ahí. Mientras revisaba un capítulo de mi novela, mi hermano se acercó a conversarme.

–¿Qué te parece Pierre? –me preguntó.

–Bien. Me gusta, además, es muy buen mozo.

–Se conoce como un picaflor.

–¿Cómo lo sabes? –pregunté.

–El otro día lo vi caminando con una mujer y después lo vi con otra distinta.

–¿Y dónde los vistes? –pregunté.

Al escuchar eso, disimulé mi indignación y rabia cuando dije, –pero, si no iban de la mano, pueden haber sido amigos.

–Iban de la mano –respondió Hugo.

–¿De la mano? –pregunté escéptica.

–No, tan solo bromeaba –dijo Hugo riéndose a carcajadas.

–¡Qué broma más desagradable! –dije.

Mi hermana Yannette, que notó que me sentí furiosa le dijo a mi hermano sonriendo desde el sillón donde estaba leyendo, –¿No será que dices eso porque tu eres un picaflor?

–¿Yo un picaflor? –dijo Hugo.

–Sí –dijo Yannette.

–No –dijo Hugo tratando de poner un punto final a la conversación.

Mi hermano era muy celoso con nosotras y costaba mucho que le agradaran nuestros pretendientes.

En mi dormitorio, en el segundo piso, todavía estaba la misma cama que yo usaba cuando era una adolescente. Encendí la lámpara que estaba en el velador y corrí las cortinas. La cama estaba al lado del ventanal grande. En los veranos, veía a mis hermanos menores cuando se subían a los cerezos, ciruelos, o manzanos.

Antes de ir acostarnos esa noche, conversamos sobre mi novela.

–Se que tendrás un gran éxito con ella –dijo una de mis hermanas.

Yo sonreí con los originales en la mano y le dije, –Ojalá Dios quiera.

Mientras conversábamos, escuché a algunos de mis hermanos que conversaban en el living. Otros ya se iban a acostar.

Después, mi mamá vino a verme a mi dormitorio. Nos trajo leche de vaca. Ella también se sentó en la cama.

Mi mamá tomó la novela en sus manos y me dijo,
–¡Victoria… escribes muy bien!

–Gracias, mamita.

Esa noche casi nos amanecimos conversando.

CAPITULO XXXIV

Esperé como una semana para juntarme con el editor otra vez. Ese día, lunes, que tenía la cita con él a las diez de la mañana, me levanté a la salida del sol. Las horas pasaron rápidamente cuando me senté detrás de mi escritorio a escribir un resumen de la novela. Presentía que sería un éxito. El sol entraba por la ventana. Los cerros estaban cubiertos de pastos y los copos con nieve.

En el patio se escuchaba a los trabajadores que comenzaban a barrer las hojas. En esa época se juntaban muchas. Por un rato, me paré detrás de la ventana y pensé en mi padre al que le gustaba levantarse temprano en el tiempo de cosecha de trigo en el verano. Pero mi padre, ahora, existía solo en el recuerdo.

Con optimismo me duché, cambié ropa, desayuné, y salí rumbo a la oficina del editor. Muchas personas caminaban en ambos lados de la calle. El cielo estaba azul, pero hacía frío. Los pájaros cantaban por todos lados.

Llevaba como cinco minutos en medio del tráfico cuando una canción romántica de Coldplay empezó a escucharse por la radio. Subí el volumen y sonreí. Algunas personas me miraban y me sonreían. Me sentía contenta.

Luego aceleré mi Range Rover para llegar luego a la cita. A los pocos minutos llegué a la oficina del editor. Estacioné el jeep frente a la editorial y luego caminé hacia la entrada. Subí unas escaleras y toqué el timbre.

–Sí, voy –dijo el editor y caminó abrirme la puerta.

–¡Hola! estaba esperándola, ¿cómo está? –me dijo amablemente.

–Bien gracias y usted –contesté.

Me invitó a sentarme al frente de su escritorio.

–Su novela está muy bien escrita –me dijo mientras agitaba los originales con su mano derecha.

–Gracias –contesté sonriendo.

–Solo hay que corregir algunos detalles y quedará lista para publicarla. ¿Si Ud. tiene tiempo, los revisamos ahora? –dijo el editor.

–Sí, claro, hagámoslo –contesté.

Luego, una de sus secretarias me ofreció un café, yo acepté, y seguimos revisando los originales de la novela, hasta que hicimos todas las correcciones.

–También le traje el resumen –le dije.

–¡Qué bien! –dijo cuando lo recibió.

Mientras lo leía me dijo que estaba excelente. Luego me miró y directamente me conversó sobre el contrato de edición. Yo lo acepté.

–Oh, gracias a Dios –grité de alegría.

–Sí, Victoria, ya me han hecho varios pedidos del libro, diversas librerías.

Me parecía un sueño constatar que mi novela ya era un éxito.

–¡Gracias a Dios¡ –le dije al editor nuevamente cuando me despedí de beso.

Salí de su oficina contenta. Mientras caminaba al jeep, las

personas me sonreían. En mi vehículo, puse un CD con una canción que aumentó mi felicidad. Todavía no podía creerlo. El editor me dijo que en unos veinte días más, estarían impresos los primeros libros de mi novela. Durante la espera, mi ansiedad aumentaba día a día y lo único que quería era que el tiempo pasara rápido. Lamentablemente, los días se me hacían eternos. El tiempo parecía no pasar. Hasta que por fin llegó el día tan esperado. Esa mañana cuando recibí la llamada del editor en la que me avisaba que el libro estaba listo, me vestí rápidamente y salí disparada hasta su oficina. Llegué a ella como una flecha. Cuando tuve el libro en mis manos, mi emoción me hizo reír como una niña chica. Mi felicidad fue total. Estaba viviendo un sueño hecho realidad. El editor me sacó de ese estado preguntándome:

–¿Le gustaría firmar autógrafos en dos semanas más?

–Claro que si, pero no será muy apresurado –contesté contenta y fascinada.

–Está bien.

–Entonces acepto.

Me dijo que sería en la librería "El Libro." Cuando terminamos de conversar, aceleré mi jeep. Me demoré como quince minutos en llegar a casa. Allí me fui directo a buscar a mi mamá para mostrarle mi libro recién impreso. Luego toda mi familia vino a conocer mi libro. Fue como haber tenido un hijo recién nacido. Todos estaban excitados. Parecía que el libro era de ellos. Luego, llego Pierre y me abrazo con un beso para felicitarme por mi novela.

Esa noche, mientras comíamos en el comedor del segundo piso de lo único que se habló fue de mi libro.

Más tarde, fuimos al living. Allí, mi familia y Pierre seguimos conversando de mi novela. Durante un rato, me paré con Pierre detrás de la ventana del living mirando el cielo estrellado que me recordaba las noches de verano que pasábamos en el campo.

–¿Mi amor, ves en el cielo una estrella dorada y brillante que se destaca entre las demás? –me preguntó Pierre.

–Sí, tiene que ser el lucero.

Mirándolo, Pierre me besó y me susurró:

–Es una estrella inconfundible como tu mi amor.

–Entonces la llamaremos la estrella de nuestro amor y cuando me vaya a los Estados Unidos me recordaré de nuestro amor cuando la vea.

–Sí, mi amor, pero no quiero que te vayas.

Abrazados contemplamos el lucero que nos unía en cualquier parte del mundo.

Esa noche, conversé con mi familia y Pierre todo acerca de mi novela. Me felicitaron una y otra vez.

Pierre tenía que hacer un reportaje periodístico a la mañana siguiente por eso se fue a su casa esa noche.

CAPITULO XXXV

Esa noche, me acosté muy tarde. Me puse mi pijama en mi dormitorio, corrí la cortina, y miré por el balcón mientras pensaba contenta en mi novela la cual estaba lista y en que me estaba enamorando de Pierre. Afuera había neblina. Los faroles del patio alumbraban las hojas de los árboles. La brisa de otoño estaba fría. Los faroles del patio daban algo de claridad. Durante un rato, contemplé el follaje de los árboles. Luego me fui acostar y me quedé dormida. Soñé que estaba en una fiesta de gala en la Segunda Guerra Mundial. En el sueño, vi una gran mansión que tenía pilares altos. A la entrada, había un jardín con varios árboles. Adentro había personas vestidas de gala que conversaban animadamente. Otras estaban sentadas en un comedor largo. El murmullo de las conversaciones se escuchaba entre la música que era como un bolero. La casa tenía pasillos con techos altos que daban a comedores. Todas las piezas tenían lámparas de cristal. Algunas personas bailaban.

Luego me di vuelta para el lado derecho y el sueño cambió un poco. Me vi caminando con mi familia entre otras familias hacia un puerto. Allí, mis hermanos se veían como niños.

Yo y mis hermanos jugábamos y gritábamos en la arena mientras mi mamá y mi papá nos miraban. Otras familias hacían lo mismo. En el sueño, mi padre iba a embarcarse como un oficial de honor del Primer Ministro Churchill en la marina inglesa, durante la Segunda Guerra Mundial. Mientras jugábamos, sentimos que por el alto parlante del barco, pedían a los oficiales que subieran. Mi padre con un abrazo y un beso se despedía de cada uno de sus hijos y de mi mamá. Luego caminó al barco y se subió. Desde la cubierta, nos decía chao mientras el barco se alejaba lentamente hacia el horizonte. Nosotros llorábamos, mientras tratábamos de verlo, pero el barco finalmente desaparecía en medio de la llovizna.

De regreso a la casa, la brisa y la lluvia nos mojaban la cara. Más adelante, me sentía triste cuando escuchaba el eco de un avión. Desperté antes del amanecer. Cuando miré por el balcón, afuera estaba lloviznando. Durante un rato recordé el sueño, el cual me deprimió cuando pensé en el contenido de éste. Luego me acosté otra vez y me quedé dormida. Cuando desperté, en la mañana, el sol brillante y cálido entraba a mi dormitorio. Me levanté y abrí la ventana que daba a un balcón y sentí la brisa fresca mientras pensaba en Pierre. Me decía que le iba a conversar a él de otro libro que había escrito sobre aprendizaje.

PARTE III

CAPITULO XXXVI

Una semana después de haberle contado a Pierre que había escrito un libro sobre aprendizaje, el quería que Edward Brighton, uno de sus mejores amigos que era periodista en el canal 5, me entrevistara acerca del libro. Yo le dije que estaba muy ocupada en la publicidad de la novela sobre mi padre, pero me convenció que nos juntáramos con Edward. Quedamos de juntarnos con él en un restaurante a las ocho de la tarde ese fin de semana.

A las siete de la tarde del viernes, Pierre me pasó a buscar para presentarme a su amigo. Yo me estaba cambiando ropa. Después que Pierre me esperó por un rato conversando con mi hermano Hugo, salimos. Yo llevé un ejemplar de mi libro. Días antes le había dado una copia a Pierre y la había leído. Mientras el conducía, conversamos.

–¿Te gusta mi libro? –pregunté.

–Muchísimo –me contestó. ¿Se puede saber por qué lo escribiste?

–Para mi disertación en psicología cognitiva.

–¡Qué interesante!

Mientras conversábamos, yo pensaba en el experimento

cognitivo que había conducido años atrás. Yo veía la escena del experimento: un computador grande que controlaba los computadores de los estudiantes que voluntariamente participaban.

Luego, en la radio comenzó a escucharse una canción que me gustaba. Subí el volumen y miramos hacia adelante mientras escuchábamos la canción. Después, seguimos conversando.

–¿Qué fue lo que te gustó más de mi libro? –pregunté.

–El método rápido para aprender que enseñas –contestó.

La calefacción me daba calor. Abrí la ventana. La brisa movía las ramas de los árboles. Cuando íbamos cerca del restaurante, Pierre me miraba con insistencia mientras conversábamos. Yo notaba que le gustaba mucho.

–El aprendizaje es un tema muy controversial –dijo Pierre.

–Sí, ya que hay muchos estudiantes que piensan que memorizar es aprender. Pero eso no es aprender, ya que aprender es entender –contesté.

–Sí, es verdad –me contestó.

Luego llegamos al restaurante y nos estacionamos al frente de la entrada. Bajamos del jeep. Cuando entramos, vi a un hombre alto, rubio, blanco, y ojos azules que se distinguía de lejos, pero tenía un aire de arrogancia y egoísmo. Era Edward, ya había llegado. Estaba sentado en una mesa al lado de una ventana grande con vista a una piscina. Pierre me presentó a Edward quien me saludó con un beso en la mejilla. Edward me encontró muy intelectual y sexy. Yo saqué un ejemplar de mi libro y lo puse sobre la mesa frente a él. Pierre y yo nos sentamos. Noté que Edward tenía una copia de mi libro con notas que se notaban en el borde.

–Tenía muchos deseos de conocerla –me dijo Edward.

Yo sonreí y dije, –Aquí me tiene.

–¿Es más bonita y simpática de lo que pensabas? –dijo Pierre amorosamente.

–Sí, mucho más bonita y elegante. En el libro sale con lentes.

Yo sonreí.

Después, pedimos algo para comer y vino tinto.

–Me gustó mucho su libro "Cognición y Aprendizaje Rápido."

–Gracias.

–¿Sabía que su libro es famoso entre los estudiantes? – Preguntó Edward.

–Sí, y estoy muy contenta por eso –contesté.

Luego, un mozo nos trajo la comida. Comimos asado de vacuno con ensalada de tomates y puré.

–La comida está muy sabrosa –dijo Edward.

–Sí, muy rica –dijo Pierre.

Entonces, Edward me preguntó si podría entrevistarme en su programa de televisión acerca de mi libro. Yo le dije que estaba ocupada en la publicidad de una novela que había escrito en honor a mi padre, pero que estaría bien. A pesar que lo encontré egoísta y arrogante, pensé que me ayudaría para hacerle publicidad a mi novela en la televisión, pues a veces le hacían publicidad a cosas culturales.

–¿Estaría bien si la entrevisto el lunes de la próxima semana?

–Sí, ¿a qué hora?

–A las diez de la mañana.

–Sí, está bien.

Quedamos de juntarnos en la fecha convenida. Cuando terminamos de comer, conversamos un poco de diversos temas. Luego salimos del restaurante. En el estacionamiento, Edward se fue en su auto y Pierre y yo, en el jeep. Mientras

Edward conducía, pensaba que le había fascinado a primera vista. Pierre me decía que quería lo mejor para mi, pues estaba muy enamorado.

Rato después, el colocó su mano sobre la mía y me dijo
–¿Vamos a mi casa?

–Me gustaría, pero tengo que preparar una presentación que debo enviar a los Estados Unidos –contesté.

Ese día me pasó a dejar a la casa de mi familia.

Durante esa semana nos vimos varias veces.

CAPITULO XXXVII

El día convenido, a las 10 de la mañana, llegué al Canal 5 de televisión donde trabajaba Edward. Me llevaron a un estudio y allí me encontré con él. Edward me saludó de beso. Nos sentamos frente a una mesa en el centro del estudio. Los camarógrafos del canal enfocaron sus cámaras sobre nosotros.

Al comienzo de la entrevista, Edward me presentó a los televidentes. Luego comenzó hacerme preguntas.

–¿Cómo se titula su libro?

–*Cognición y Aprendizaje Rápido* –contesté.

–Cuéntenos ¿Por qué escribió este libro?

–Bueno porque me pasiona todo lo que tiene que ver con el aprendizaje –dije sonriendo.

–¡Qué interesante! ¿Sabía que su libro le ha enseñado a muchas personas como aprender?

–Sí, lo sabía y me da una gran satisfacción que muchas personas apliquen el método de aprendizaje que enseño –le dije entusiasmada.

–Una de las cosas más importantes que usted plantea, es que lo que se aprende se asocie o elabore con lo que la

persona ya sabe; se organice, y se estudie espaciadamente
–dijo Edward.

–Si, así es.

–¿Qué quiere decir cuando dice que se estudie
espaciadamente?

–Estudiar por ratos y no por largas horas.

–Tiene razón porque estudiar por horas aburre.

–Exactamente.

–¿Podría decirme como se puede elaborar la información
que se quiere aprender? –preguntó Edward.

–La información se elabora asociándola con lo que ya se
sabe relacionada con lo que se quiere aprender, porque así
la información se distingue, retiene, y encoda en memoria
larga. Por ejemplo, cuando uno está enamorada, uno decora
al pololo o polola con pensamientos, imágenes y fantasías.
Otro ejemplo seria cuando se quiere aprender el significado
de la palabra Navidad, la persona puede relacionarla a su
propia experiencia –dije.

Edward me dijo, –entonces elaborando la información que
se quiere aprender resulta en mejor memoria.

–¡Sí, claro! –dije.

–Tiene razón porque cuando se elabora la información, la
persona usa su propia experiencia para decorarla y eso facilita
el entendimiento y aprendizaje –dijo Edward entusiasmado.

Yo le comenté, –muchas veces los estudiantes no aprenden
porque las actividades en las salas de clases son aburridas y
pasivas y no estimulan la elaboración de la información.

Edward me dijo, –Si, hay muchos estudiantes que tratan
de aprender, pero no saben como hacerlo.

A veces, Edward y yo tomábamos agua mientras conversábamos. El ambiente estaba temperado, pero afuera hacía frío.

–Eso significa que "el como" se estudia, es más importante que el tiempo que la persona se lo pasa estudiando –dijo Edward.

–Claro, como la persona procesa la información o la calidad del estudio, es más importante que la cantidad del tiempo en que lo hacemos –dije.

–Tiene toda la razón porque si la persona solo memoriza, se puede pasar semanas tratando de aprender sin aprender nada. En cambio, si asocia lo que estudia, aprende rápido –dijo Edward.

El periodista, en algunas oportunidades hojeaba el libro en su mano mientras me hacía las preguntas.

–¿Qué diría en general sobre el aprendizaje rápido? –preguntó Edward.

–El aprendizaje es más rápido si la persona elabora, contrasta, compara, analiza, y estudia espaciadamente lo que quiere aprender en vez de repetir o memorizar la información.

–Su libro también menciona como aprender rápido a evitar la depresión y la ansiedad.

–Si… porque muchas veces el hábito de pensamientos negativos causan emociones depresivas.

–¿Es por eso que usted habla de reestructurar el mal hábito de los pensamientos negativos por pensamientos positivos? –preguntó Edward.

–Sí… porque muchas veces la depresión es el efecto del mal hábito de pensamientos negativos los cuales pueden cambiarse por pensamientos positivos –contesté.

–Que interesante como los pensamientos influencian las emociones –me dijo Edward.

–Claro que sí porque los pensamientos positivos mantienen a la persona optimista, pero los pensamientos pesimistas deprimen a la persona –dije.

Edward me miraba con curiosidad y excitación mientras

me entrevistaba. Me di cuenta que había leído el libro cuidadosamente porque a veces cuando lo abría veía sus notas en el margen. Yo me sentía contenta que él se hubiese interesado tanto en mi libro.

–Usted también sugiere cambiar el comportamiento sedentario ya que a veces es la causa de la depresión –dijo Edward.

–Si, porque muchos estudios psicológicos experimentales han comprobado que la falta de actividad causa depresión –dije.

Cuando llegó el momento de los avisos comerciales, Edward y yo nos paramos y miramos por la ventana. El la abrió un poco, me miró, y dijo:

–¡Eres muy bonita!

Yo sonreí sin saber que Edward sentía que era la mujer para él.

Antes de continuar la entrevista, una maquilladora del canal me retocó el maquillaje. Luego, Edward continuó haciéndome preguntas.

–Ahora, por favor, cuéntenos acerca del aprendizaje de los niños –me preguntó Edward.

–Los niños antes que comienzan el kinder tienen que ser estimulados intelectualmente.

–Sí, ¿De qué manera?

–Hay muchas maneras, una de ellas es haciendo comparaciones sin números. Por ejemplo, cuando los padres van a comprarles ropas a sus hijos pueden preguntarles cual les gusta más y por qué. También, cuando los padres van con sus hijos al campo y ven animales, ellos pueden preguntarle a sus hijos que animal les gusta más y por qué o cuál animal es más grande. De esa manera los niños se estimulan cognitivamente.

–Afortunadamente, así los niños aprenden a razonar y evaluar de una manera interesante –dijo Edward.

–También mi libro sugiere que los padres estimulen cognitivamente a sus hijos entusiasmándolos con cosas intelectuales. Como ser, los padres pueden comprar videos para que sus hijos jueguen y desarrollen su intelecto –dije.

–¿Qué significa desarrollo cognitivo? –me preguntó Edward.

–Es el desarrollo de los pensamientos, memoria, lenguaje, habilidad para resolver problemas, razonamiento, e imaginación de los niños, etc. –le contesté.

–¿Qué diría usted en general de la estimulación cognitiva de los niños? –me preguntó Edward.

–Es muy importante porque muchos estudios cognitivos experimentales han comprobado que el cerebro de los niños que han crecido en un ambiente con arta estimulación cognitiva crece y desarrolla más neuronas o células cerebrales que los niños que no han sido estimulados cognitivamente –respondí.

–Yo pienso que esa estimulación cognitiva es muy importante antes de que los niños inicien el kinder –dijo Edward.

–Sí... porque los prepara para que razonen mejor, se adapten al colegio y a la sociedad –dije.

–¿Hay mucha diferencia entre los niños que entran al kinder?

–Claro que si porque los que han sido estimulados cognitivamente se sacan mejores notas, expresan sus ideas más claramente, y saben compartir con otros estudiantes mejor que aquellos que no han sido estimulados cognitivamente.

–Usted también sugiere que los niños, antes de entrar al kinder, ya tienen que saber las letras y como juntarlas.

–Sí –dije.

–Qué interesante lo que usted dice de que en los Estados Unidos los padres incentivan a sus niños a aprender a leer antes de comenzar el kinder –comentó el periodista.

Mientras me entrevistaba, escuchaba los murmullos de los camarógrafos que nos enfocaban. Al lado derecho del estudio había una pantalla de televisión que mostraba en directo la entrevista.

–Su libro es bien intenso –me dijo Edward.

–Sí. Yo quise incluir en él, los factores más importantes para el aprendizaje rápido.

–Usted también dice que una buena alimentación, como la proteína en la leche, pescado y soya, son muy importantes para el aprendizaje.

–Claro. Porque las células o neuronas que almacenan o recuerdan la información están formadas de proteínas y son como las estructuras de los seres humanos.

–¿Es por eso que usted recomienda una dieta balanceada de proteínas, frutas, verduras, y cereales, etc.?

–Sí, y evitar las comidas rápidas o chatarras ya que contienen sustancias tóxicas que impiden el aprendizaje.

–¿Está en contra de los restaurantes MacDonald?

–No… pero hay que evitar las comidas rápidas –sonreí.

De repente comencé a percibir un olor a cebollas fritas. Miré al lado derecho y me di cuenta de que al lado de una cámara, un camarógrafo que estaba sentado en el suelo, estaba comiendo una empanada sin que nosotros nos hubiésemos dado cuenta. El camarógrafo sonrió y dejo de mascar cuando yo lo miré. Era la hora de almuerzo.

–Vamos a una pausa y regresamos enseguida –dijo Edward antes de dar paso a otro comercial.

De regreso a la entrevista, Edward se sacó la chaqueta y quedó en camisa y corbata.

–¿Podría decirnos de que manera el deporte afecta el aprendizaje? –me preguntó Edward.

–El ejercicio físico inspira nuestra mente y produce un sentimiento de contento por la dopamina que secreta el cuerpo, lo cual facilita aprender –contesté.

Finalizada la entrevista, Edward me dio las gracias y salí del canal de televisión. Mientras caminaba a mi jeep sonreía contenta. Pensaba en la entrevista y también en que Edward podría volverme a entrevistar para hacerle publicidad a mi novela.

Esa tarde cené con mi familia. Ellos habían visto la entrevista en directo. Mientras comíamos conversábamos.

–Salistes muy bien en la entrevista, Victoria –dijo Yannette.

Yo sonreí y le dije, –gracias.

Uno de mis hermanos sonrió, cuando pensó que Edward al leer las noticias se veía como un robot.

Ellos aprovecharon de preguntarme si Edward le haría publicidad a mi novela. Yo les dije que no sabía todavía, pero que me gustaría.

CAPITULO XXXVIII

–Hola Victoria, soy Edward –me dijo cuando me llamó unos días después, para invitarme a salir a cenar.

–Me gustaría, pero estoy ocupada –contesté.

Su invitación no me sorprendió, pues yo había notado que durante la entrevista me miraba en forma insistente. Yo estaba saliendo con Pierre. Aceptar su invitación sería generar, además, un conflicto entre ambos. Ellos eran muy buenos amigos. Yo sólo quería que me ayudara con la publicidad de mi novela. A primera vista lo encontré arrogante y dominante.

Días después volvió a llamarme. Me invitó varias veces, pero yo le decía que estaba ocupada. Pero un día, acepté. Lo hice con miedo de que nuestra salida fuera vista por Pierre. Ese día fuimos a un restaurante giratorio que estaba en lo alto de un edificio en Providencia. Estacionamos su automóvil cerca del restaurante. Luego caminamos hacia la entrada del edificio. Esperamos el ascensor. Este subió lentamente, cimbrándose en algunos pisos. Cuando llegó a lo alto del edificio, su puerta se abrió y salimos de él. Caminamos por un pasillo hasta el restaurante y entramos. El mozo nos guió a una mesa, tomó la orden, y luego nos trajo una botella de champaña. Edward la tomó y destapó. Reímos cuando el corcho saltó lejos. Ese día no había mucha gente. Edward llenó una copa para mí y otra para él.

–Mmm... está refrescante –dijo Edward sonriendo.

–Sí... –sonreí también.

Esa noche cenamos asado con ensalada de tomate, vino tinto, y postre de cerezas con chocolate. La mesa tenía un mantel floreado y diferentes tipos de cubiertos para comer. La noche estaba calurosa. Terminada la comida, bajamos en el ascensor hasta el estacionamiento. Mientras veníamos de vuelta a casa, conversamos.

–Me gustas –me dijo mientras conducía.

Yo sonreí. Edward me había seducido durante la cena, pero yo lo quería solo como amigo. Además, estaba Pierre por el cual yo sentía una gran atracción.

CAPITULO XXXIX

Días después, durante la siguiente semana vi a Edward en varias oportunidades mientras leía las noticias en el Canal 5 de televisión. Un día, mientras cenaba con mi familia, de repente sentí que quería a Edward cuando lo vi leyendo las noticias. Sabía que esto me causaba un problema, pues Pierre seguía presente en mi vida. Pero, Edward había logrado interesarme más de la cuenta.

–¿Te gusta? –me preguntó Yannette.

–¿Por qué? –respondí.

–No comes por mirarlo –dijo sonriendo.

–Ya he comido harto –respondí sonriendo y mirando mi plato.

Los demás me miraron curiosos y mi otra hermana dijo en voz alta:

–Parece que Victoria se enamoró de un chilenito.

–Edward es simpático y cariñoso, pero todavía no creo que me haya enamorado. Además está Pierre, que me gusta muchísimo –dije tratando de desviar la atención de ellos.

Cuando Edward terminó de leer las noticias, regresó rápidamente a su casa. Esa tarde, se emborrachó con whisky, al darse cuenta de que mis negativas a salir con él, se debían al hecho de ser amigo de Pierre. El tenía el número de mi celular, pero no se atrevió a llamarme. Cuando iba a tomar el celular, este sonó. Yo lo estaba llamando.

–¡Hola Edward! –soy Victoria.

–¿Cómo estás, Victoria?

Después que nos saludamos, le dije que lo había visto varias veces en el noticiero del Canal 5.

–¿Te gustó el programa? –me preguntó Edward con voz seductora.

–Sí, y tú te veías muy bien.

Momentos después, conversamos sobre la novela que yo había escrito. El me volvió a ofrecer su ayuda para la publicidad de ella. Esa había sido una de las razones por las cuales lo había llamado. Quedamos de juntarnos al día siguiente para conversar sobre el tema.

Al otro día, después del noticiero, Edward me pasó a buscar a la casa. Mientras conducíamos, me conversaba. Decidimos ir a Viña del Mar. Yo acepté sabiendo que en este viaje me podría ver Pierre y que estaba arriesgando mi tranquilidad. También pensé que si nos veía se generaría un grave problema entre ambos. Sin embargo, más pudo mi deseo de estar con Edward. Durante el viaje, seguimos conversando sobre mi novela. En la radio comenzó a sonar una canción romántica que me gustaba. Edward se acercó a mí y trató de besarme, con sus ojos azules quería seducirme. Lo esquivé… a pesar de que ese día era el hombre ideal para mí. Me gustaba y me sentía feliz de estar con él. Pierre se me estaba olvidando. Me sentía protegida y amada. Me gustaba su presencia inglesa, pues había nacido en Inglaterra y estudiado en la Universidad de Cambridge. Su cara de inocencia blanca, sus ojos azules, y su pelo rubio claro me fascinaban.

–Amor, darling, ¿qué pasa? –me dijo Edward.

–Nada.

–Me esquivastes, darling.

–No –sonreí.

–Sí, darling –dijo con su cara amorosa.

El redujo la velocidad y se acercó a mí. Trató de besarme nuevamente. El sabía que me gustaba. Le dije:

–Sería mejor que nos conociéramos un poco más. Además esta Pierre...

–Victoria, por favor, yo me enamoré de ti desde el primer día que te vi. Pierre entenderá...

Cuando comenzó a sonar en la radio del auto una canción que me gustaba, "Love is Blue," guardamos silencio. Yo me acordé de un experimento cognitivo de memoria que había conducido en Cambridge años atrás. La escena en el laboratorio de psicología cognitiva era como una película de ciencia ficción. Todo era computarizado, excepto yo y un profesor de psicología cognitiva que era casi igual que Edward, y los participantes. Varias lámparas iluminaban todo. Había muchas mesas con computadores Mac y los participantes estaban sentados frente a ellos. Yo también estaba usando uno que controlaba a los demás. Después que les enseñé a los participantes como responder en el computador, el experimento comenzó. Había 50 estímulos que eran sustantivos concretos como "pan". A la mitad de los 100 participantes se les dijo que tendrían que recordar las palabras después de dos actividades de reacción de tiempo. En la primera actividad, los participantes tenían que responder si la palabra tenia una vocal "a" apretando una tecla en el computador que decía "si" o "no." La actividad requería atención visual. En la segunda actividad, los participantes tenían que juzgar si la palabra era agradable. La cual requería una evaluación con el pensamiento.

Antes de llegar a Viña del Mar, Edward detuvo el automóvil y lo estacionó en la berma de la carretera. Trató nuevamente de besarme. Esta vez lo dejé. Sus besos me gustaron. Me sentí bien con él... Pierre se me estaba olvidando.

Cuando callamos otra vez, seguí pensando en el experimento. Cada palabra se presentaba por 5 segundos y desaparecía. Entre la presentación de cada estimulo había dos segundos. Ellos tenían que responder dentro de 5 segundos.

–¿Qué pasa? –preguntó Edward, devolviéndome a la realidad.

–Estaba pensando –respondí.

–¿Se puede saber en qué?

–Pensaba en que la canción que estábamos escuchando me hizo recordar un experimento cognitivo que realicé años atrás en Cambridge –respondí.

–¡Qué interesante! –dijo Edward con curiosidad.

Había comenzado a lloviznar y la carretera se veía mojada. Los faroles iluminaban las hojas de los árboles que se mecían con la brisa. De cuando en cuando, veíamos a personas a un costado de la berma que caminaban con paraguas.

Cuando paró de lloviznar, el tomó mis manos en las suyas y me dijo:

–¿No me vas a enseñar como realizar experimentos cognitivos de memoria?

–¡Sí, claro! ¡por qué no? –sonreí.

Luego se produjo nuevamente un silencio, después que lo esquivé un poco.

–¿Qué me dirías de la percepción sensorial y cognitiva o intelectual? –me preguntó Edward con curiosidad.

–Una es a través de los sentidos mientras la otra es a través del intelecto –respondí sonriendo.

–Darling... me fascinas –respondió Edward acercándose a mí y besándome. Yo ya no me resistía, él me gustaba demasiado.

Después de un tiempo, llegamos a Viña. En las calles y avenidas había mucho tráfico y varias personas caminaban por las veredas. Las calles se veían anchas. Había muchos negocios con sus ventanales iluminados. Mirábamos a ambos lados. Nos detuvimos frente a un restaurante.

–¿Pasemos a comer algo? –dijo Edward.

–¿Tienes hambre? –pregunté.

–Sí, cariño –me respondió–. No almorcé hoy día.

Llegamos a un restaurante lujoso, nos bajamos y un mozo estacionó el jeep. Conversando, caminamos como amigos al restaurante. El insistía en que camináramos tomados de la mano, pero yo le dije que esperáramos un poco. Tenía miedo de que Pierre nos pudiese ver o algún amigo de él nos viera. Yo no sabría que decirle. También temía que en las noticias pudiese aparecer una portada de algún diario farandulero, con nosotros tomados de la mano.

Adentro del restaurante, Edward no se cansaba de mirarme. Un mozo nos guío a una mesa ubicada al lado de un gran ventanal. Después que nos sentamos, tomó la orden. El ventanal tenía vista al mar. Edward ordenó lo mismo que yo. Esa tarde pedimos asado de pollo con puré y ensalada de tomates.

–¿Cómo quieres que haga la publicidad de tu novela? –preguntó Edward.

–Presentándome en tu canal de televisión –respondí.

–Es una excelente idea –dijo Edward–. Si lo deseas, estoy a tu disposición.

Acordamos que me iba a presentar en su canal de televisión, para hacerle propaganda a mi novela. Con frecuencia Edward me tomaba la mano y me decía, –me gustas muchísimo, darling.

-Mmm... -yo sonreía.

Yo me sentía como si hubiese estado con el hombre que conocí en Cambridge. Después que comimos, salimos conversando del restaurante. Afuera, caminamos por algunas calles de Viña mientras conversábamos. La brisa fresca me movía el pelo. En ambos lados de la calle, las palmeras sonaban como papel cuando el viento mecía sus hojas. Durante un rato, caminamos uno al lado del otro. Más adelante, había un escaño y allí nos sentamos. En ese momento tomó mi mano y la puso entre las suyas y luego me besó. Durante un largo rato conversamos y miramos pasar a la gente. Luego nos paramos y regresamos al jeep tomados de la mano.

-Te amo, darling -me decía Edward.

Hacía poco tiempo que nos habíamos conocido, pero me sentía feliz con él. A veces trataba de visualizar como podrían ser nuestros hijos. Pierre ya era como una sombra que se desvanecía en el tiempo. Después, regresamos a Santiago. Cuando íbamos llegando me dijo que pasáramos a su casa. Pasamos por un rato y nos sentamos en el living. El living y comedor de techo alto que llegaba al segundo piso, tenían piso de mármol. A través de la ventana se veía un lindo jardín. Después de conversar un poco y servirnos un jugo, dije parándome:

-¿Por qué no me vas a dejar?

-No, no todavía -respondió Edward angustiado tomándome de la mano y caminando hacia el estéreo.

-¿Te gustan los tangos? -me preguntó Edward.

-Sí -respondí sonriendo.

Edward colocó un CD en el estéreo y comenzamos a bailar tango. Me sentía feliz en sus brazos.

Un rato después, me abrazó y me besó mientras mirábamos

por la ventana. Luego abrazados besándonos caímos en un
sofá mientras Edward me desbotonaba mi vestido rosado.
Hicimos el amor mientras el ruido de la lluvia entraba por el
balcón. Me sentía muy feliz con Edward. Luego reímos cuando
veíamos que nuestras ropas estaban todas tiradas en el piso,
los sillones, y la mesa. Un rato después, recogimos nuestras
ropas y nos vestimos. Yo le dije a Edward que me tenía que
ir, pero el trató de retenerme. Me fue a dejar a casa. Cuando
estábamos llegando allí, pude ver a Pierre que estaba esperándome parado al lado de su auto. Me puse pálida. Mi corazón
latió con una intensidad desconocida para mí. El momento
que tanto temía se estaba presentando. Cuando Edward bajó
del automóvil, Pierre se le vino encima gritándole que era un
mal amigo y que lo estaba traicionando. Edward no alcanzó
a contestar nada. Pierre le pegó un tremendo golpe en la
cara. Luego vi como ambos rodaban por el suelo dándose
de golpes. No podía creer lo que estaba viendo. Yo no quería
que esto hubiese terminado así. Traté de separarlos, pero era
imposible. La pelea solo terminó, cuando atraídos por los
gritos y los golpes salieron de la casa dos de mis hermanos y
después de un tremendo esfuerzo lograron separarlos. Pierre
gritaba como un loco. Edward se mantenía callado. Las ropas
de ambos estaban destrozadas. Yo no sabía donde meterme.
Mis hermanos ayudaron a Edward a levantarse y lo llevaron
a la casa para practicarle algunas curaciones, sobre todo en
la nariz que había quedado con la pelea, en estado calami-
toso. Pierre, como pudo, se fue a su auto y al partir me gritó:
–No hubiera esperado de ti, nunca algo así –Quedé pálida.
Pensé que, en cierto sentido Pierre tenía razón. Lo que sí,
yo nunca hubiese esperado de él, es que se hubiese negado
a conversar y comprender nuestra situación. No me gustó
que, sin mediar palabra, hubiese agredido a Edward. Entré

lentamente a la casa y me dediqué a ayudarlo. Dentro de mí y a pesar de lamentar lo sucedido, me sentía aliviada. Yo no podía seguir soportando mantener relaciones sentimentales con dos hombres simultáneamente. Mi familia no mencionó nada de lo ocurrido.

Al día siguiente, lo pasé con ella. Edward, a pesar de encontrarse todavía lastimado, me llamó para invitarme a ir a ver una película. Yo le respondí que iríamos otro día.

A la mañana siguiente, Edward me llamó a mi celular para decirme que se estaba muriendo por verme. Sin Edward me sentía sola. Sentí la necesidad de estar con él. Entonces fui a su casa. Cuando llegué, corrió hacia mi y me tomó en sus brazos diciéndome con un beso, –Te quiero mi amor. Sus ojos brillaban de amor por mí.

–¡Soy el hombre más feliz cuando te tengo en mis brazos! –me dijo Edward.

Abrazados caminamos al living. Ahí, nos sentamos en el sofá blanco donde habíamos hecho el amor. Por un rato conversamos mientras una empleada preparaba el desayuno. Noté que tenía hinchada la cara en el lugar donde Pierre lo había golpeado. Después que desayunamos fuimos a caminar al jardín.

–Parece primavera, mi amor –dijo Edward mientras escuchábamos el canto de los pájaros por los árboles alrededor de la piscina.

–¿Es la primavera tu estación favorita? –pregunté.

–Darling, cuando estoy contigo todas las estaciones son mis favoritas –dijo Edward abrazándome.

Después, mientras disfrutábamos un chocolate caminando de la mano por el jardín, al lado de un rosal, salté de susto cuando un conejo se atravesó de repente por el camino.

–Amor fue tan solo un conejo –dijo Edward sonriendo.

–Sí, mi amor, pero pensé que había sido una culebra –dije riendo.

Edward no podía creer que hubiese un conejo en el jardín de su casa. Rato después, cuando caminábamos por el lado de otro rosal, el conejito se asomó nuevamente. Edward lo siguió a una cueva en donde se escondió. Con una rama lo tocó y de pronto salieron saltando hartos conejitos chicos.

–Ja, ja, ja –reímos mientras los conejitos pasaron sobre nuestros zapatos. Pero, yo tomé uno y nos sentamos en el pasto bajo un manzano. Los otros conejos se alejaron hacia otro rosal saltando y olfateando con sus narices tiritonas. Edward y yo acariciamos uno. Al principio los conejitos desaparecieron, pero después se asomaban en las ramas del rosal.

La semana siguiente, Edward le hizo publicidad a mi novela en su canal de televisión y otros canales también me llamaron para entrevistarme. En los diarios y radios también le hice publicidad. Algunos se sorprendían que me haya tomado el tiempo para escribirla después de haber estado tanto tiempo en los Estados Unidos. Yo les decía que a pesar que hablaba castellano con un acento de norteamericana, yo seguía queriendo a mi país.

CAPITULO XL

Unos días antes de regresar a los Estados Unidos, mi romance con Edward llegó a su clmax, cuando me invitó que fuéramos a Viña del Mar a la casa de una de sus tías. La casa estaba desocupada en esa época. Ahí, me propuso matrimonio.

Esa tarde, nos sentamos en sofás blancos en el living. Mientras conversábamos escuchando música romántica, Edward me decía que me amaba.

–Mi amor, quédate y no regreses a los Estados Unidos –me rogó Edward.

–Tengo compromisos allá, cariño.

–Olvida tus compromisos de allá y cásate conmigo.

–Es muy apresurado.

–Es que no quiero separarme de ti, darling.

–Esperemos un poco más.

–Casémonos en secreto y después le decimos a todos.

–No. Yo no haría tal cosa.

–Si me amas quédate –insistió Edward.

–Te amo, pero esperemos un poco más.

–Estaré perdido sin tí.

–Puedes llamarme todos los días.

–Pero no es igual que estar casados.

Después, destapó una botella de whisky, llenó una copa para mi y otra para él y dijo:

–Brindemos por el triunfo de nuestro amor.

Luego de tomarnos un whisky con coca-cola, nos paramos y caminamos hasta la ventana. El me abrazó por atrás mientras conversábamos. A veces, Edward me giraba la cara hacia él para besarme.

–Estoy enamorado de ti –me dijo Edward.

–Mmm... –murmuré.

Luego, Edward me guió de la mano hasta un sofá. Nos sentamos y sacó una cajita del bolsillo de su chaqueta. Cuando la abrió, me di cuenta de que era un anillo.

Yo sonreí y dije, –¿Edward qué tienes?

–Mi amor para ti –respondió Edward con sus ojos llenos de felicidad.

Colocándome el anillo me dijo, –¿Victoria, aceptas ser mi esposa?

–Edward, mi amor –respondí contenta, pero un poco angustiada mientras me besaba.

–¡Te amo, darling y quiero que seas mi esposa!

–Edward, te amo, pero tengo que regresar a los Estados Unidos.

Edward me colocó el anillo, pero yo le dije que teníamos que esperar hasta que regresara de los Estados Unidos, pues quería que la boda fuera un evento especial como lo habían sido los de mis demás hermanas casadas.

Esa tarde fuimos a cenar a un restaurante.

Al día siguiente, en la madrugada, regresamos a Santiago. Edward quería que pasáramos la noche en su casa, pero le dije que me fuera a dejar a la mía. Quedamos de juntarnos el día siguiente en la mañana.

CAPITULO XLI

A la mañana siguiente, me levanté temprano para revisar el plan de publicidad de mi novela, para luego juntarme con Edward. Después de haberlo revisado, me cambié ropa para salir con él, pero, antes de hacerlo, recibí un bouquet de flores con una tarjeta de Pierre diciéndome que nos reconciliáramos, pues el me seguía amando mucho más. Con disgusto tiré la tarjeta a la basura y contenta me apresuré para encontrarme con Edward. Yo sonreí pensando que era el amor de mi vida y me decía que no sería feliz con otro hombre.

Edward me saludó con un beso y abrazo. Luego, conversando caminamos al living donde estaba mi mamá, hermanas, y hermanos. Después que desayunamos, le mostré a Edward la biblioteca en el segundo piso. Mientras caminábamos mirando y abriendo libros, yo le decía que muchos de esos libros habían sido leídos por generaciones de mi familia. El me decía que él había nacido en Inglaterra y que allá se acostumbraba tener bibliotecas como la que teníamos.

Ese día, Pierre estaba angustiado con la esperanza que

le respondiera, pero yo lo había olvidado totalmente. A medida que pasaban las horas sin recibir la respuesta, Pierre se colocaba más furioso. Sin embargo, pasaron las horas y no escuchó nada de mi. Caía la noche, cuando Pierre comenzó a pensar en vengarse de mí porque se sentía traicionado después de haberle dicho que lo quería y lo amaba. Algunos de mis hermanos, me habían dicho que Pierre se notaba impulsivo y celosísimo, por eso, podría vengarse de mí, pero yo no les hice caso.

Almorcé con Edward y mi familia. En la tarde, Edward y yo fuimos a cenar a un restaurante íntimo, pues queríamos privacidad. El restaurante tenía candelabros de plata en cada mesa. Mientras nos sentábamos a la mesa al lado de un ventanal con vista al jardín, Edward me miraba con pasión. Adentro, había un ambiente romántico e íntimo, el cual nos fascinaba.

–¿Qué van a servirse? –preguntó un mozo.

Mirando el menú ordenamos langosta con ensalada, postre de frutas, y vino blanco.

–Te quiero mi amor –me dijo Edward con su voz amorosa.

Yo sonreí y le dije, –¿Irás a verme a los Estados Unidos cuando me regrese?

–Sí, mi amor –respondió Edward tomando mi mano.

Vi que sus ojos se le llenaron de lágrimas y a mí también. Luego lo noté pensativo.

¿En qué piensas? –le pregunté.

–En nuestro amor –dijo Edward.

El se había enamorado de mi como yo también de él. Esa noche lo pasé con Edward en su casa. Me sentía tan feliz con él que pensaba no regresar a los Estados Unidos, pero luego mi razón me decía que tenía mi trabajo allá y mi pasaje de avión.

Durante esa semana, mientras almorzábamos, le contamos a mi familia sobre nuestro romance. Ellos lo aprobaron y Edward se empezó a comportar como un miembro más de la familia. A veces, incluso se alojaba en nuestra casa, pero dormía en uno de los dormitorios de invitados.

CAPITULO XLII

El día anterior al de la presentación del libro y firma de los autógrafos, hubo una verdadera tempestad. Llovía tanto que las calles parecían verdaderos ríos que arrastraban con todo. Los ventanales de la mansión, se movían con la lluvia y el viento. El editor me llamó y me dijo que sería mejor postergar la presentación y la firma de los autógrafos. Yo tenía que viajar a los Estados Unidos esa semana. Decidimos que iba a regresar a Chile, en diciembre, para ese evento.

Por los canales de televisión, mostraban muchas imágenes de las inundaciones.

El día antes que me fuera a los Estados Unidos, fui a cenar con Edward a su casa. Mientras comíamos, él se sintió miserable y desesperado cuando le dije que me iba a los Estados Unidos al día siguiente a las nueve y media de la mañana.

–¡No te vayas mi amor! –dijo Edward.

–¡No puedo quedarme, tengo compromisos! –dije.

–Amor, si te vas me moriré –me dijo con su voz quebrada mientras parpadeaba para liberar una lágrima.

–No digas eso –le dije con lágrimas en mis ojos.

–Te quiero junto a mí. Para mi nuestro amor no es amor pasajero de verano.

Cuando terminamos de cenar, nos fuimos a sentar a un sofá. Edward me abrazó y trató de convencerme que me quedara y nos casáramos.

–Nos iríamos de luna de miel a Inglaterra. La razón de mi existencia eres tú mi amor –me susurró Edward tiernamente, pero un poco angustiado.

–Espérame hasta que vuelva en diciembre –contesté tratando de convencerlo que me esperara y no perdiera las esperanzas en mí.

–No seré feliz sin tu amor, darling –dijo Edward muy triste.

De pronto, le dije a Edward que tenía que regresar a casa, pero el hubiese querido retenerme para no dejarme ir tan lejos. Además le parecía demasiado tiempo.

–¡No... no te vayas todavía mi amor! –me dijo Edward intentando detenerme.

Me abrazó y besó diciéndome palabras amorosas, pero luego lo convencí que me fuera a dejar a casa. Todavía llovía.

Corrimos hasta su jeep bajo el murmullo de la lluvia. Cuando entramos a él, dije:

–Volveré, mi amor.

Edward me besó y salimos rumbo a la casa. Atrás quedó la mansión del hombre que amaba, pero me sentía segura que regresaría. Mientras el vehículo avanzaba, Edward pensaba que yo podría decir que me quedaría en Chile y no regresaría a Estados Unidos, pero yo no dije nada.

De pronto llegué a la casa, nos despedimos de un beso y quedamos de juntarnos ahí para ir juntos al aeropuerto la mañana siguiente.

Yo me fui a acostar de inmediato esa noche, pues ya

había arreglado mis cosas en la mañana. Mientras Edward avanzaba hacia su casa enternecido, él parpadeaba para que sus lágrimas no le corrieran cuando pensaba angustiado que sería la última noche que me vería. El pensaba que yo podría encontrar a otro hombre en los Estados Unidos. Esa noche, Edward colocó su despertador para no quedarse dormido. Luego se acostó.

CAPITULO XLIII

Después de haber estado en Chile por unos meses regresé a los Estados Unidos. Esa mañana estaba bonita. Mi familia me fue a dejar al aeropuerto. Edward iba a ir a la casa para irnos juntos, pero no sabía que le había pasado, ya que no llegó ni llamó por teléfono. En el aeropuerto, después que nos bajamos del Range Rover, caminamos hacia adentro. Por alto parlantes, avisaban los vuelos a los diferentes lugares. Mi vuelo saldría a las nueve y media.

Escuché que por los parlantes decían: "Señores pasajeros, su atención por favor, Aerolíneas Americanas anuncia su vuelo quinientos cinco con destino a los Estados Unidos"

–Vamos a la puerta número cinco –les dije.

–El avión sale en una hora más –dijo uno de mis hermanos.

–¿Tienes tu ticket? –preguntó Yannette.

–Sí, lo tengo.

Cuando vimos a los pilotos y azafatas del avión, en el cual yo me iba a subir, nos enternecimos. Nos mirábamos el uno al otro, con lágrimas.

Cuando Edward despertó, eran casi las nueve de la mañana, se levantó de un salto, se colocó la misma ropa del día anterior, y en su jeep salió desesperado hacia el aeropuerto. A pesar que era tarde, Edward rogaba por llegar al aeropuerto a tiempo. Aceleraba peligrosamente su vehículo pasando arriesgadamente a los otros que también se dirigían allí. Después que se estacionó, corría como un loco por los pasillos del aeropuerto Pudahuel, mientras pensaba que se había enamorado locamente de mí. Mientras tanto, yo hacía el chequeo de mis bolsos en el mesón de la línea aérea. Todavía faltaba como una hora para despedirnos. Seguimos conversando. Nos fuimos a sentar a una mesa y pedimos unos jugos.

Cuando dieron el último aviso, nos paramos y caminamos al control de los pasaportes. Cuando iba caminando a chequearlo, escuché que alguien gritaba mi nombre. Me di vuelta y vi a Edward que corría entre las personas, gritándome, –te quiero, te quiero, mi amor, Victoria.

Yo sonreí con lágrimas cuando lo vi y dije, –Edward, mi amor. Pensé que te había pasado algo.

Edward me tomó en sus brazos y me dijo, –te amo, te quiero, y te esperaré hasta que nos casemos.

–Sí amor –dije enternecida.

Edward me abrazó tiernamente.

–Debo irme, mi amor –le dije tratando de zafarme, pues Edward no quería soltarme y dejarme ir.

–Volveré mi amor y me llevó tus besos –dije y me fui rápidamente sin volver la vista atrás, mientras que él, mi mamá, mis hermanas, y hermanos me miraban con lágrimas en sus ojos. Ellos rápidamente subieron al segundo piso y vieron despegar y elevarse al avión que me llevaba rumbo a los Estados Unidos. Con el eco del avión, regresaron a casa.

Edward estaba destrozado. El regreso desde el aeropuerto fue una tortura para él. Fue un rato a la casa de mi familia y luego rápidamente regreso a la suya. Cuando llegó a ella, se emborrachó pensando en que estaría lejos de mí durante varios meses. Nos conocíamos hacía poco tiempo pero él me amaba como si me hubiese conocido desde siempre. Yo también sentía lo mismo.

Llegué al Aeropuerto Internacional Fort Worth en Dallas, al otro día en la madrugada. Después que aterrizó el avión, caminé por un pasillo largo que daba a un mesón de chequeo aduanero y de pasaportes. Ahí tuve que sacarme los zapatos, chaqueta, y cinturón.

–*Welcome to the United States and have a nice trip* –me dijo el oficial de inmigración quien me dio la bienvenida y me deseo que tuviera un buen viaje.

No tuve ningún problema. Entonces fui a retirar mi bolso. Luego de chequearlo caminé con él por el pasillo y salí del aeropuerto y me fui a un hotel. Tenía como cinco horas libres para tomar el vuelo a Honolulu, Hawai. En el aeropuerto Fort Worth, hacía mucha calor. Yo andaba con una chaqueta de cuero, un pullover, pantalones, y botas blancas. En el hotel, fui a una boutique y me compré ropa de verano. Cuando me dio hambre, fui al restaurante del hotel. Andaba con un bolso de mano y mi cartera. En el restaurante ordené algo para comer. Mientras comía y echaba de menos a Edward, un gringo me miraba, pero me hice como la que no me daba cuenta porque estaba muy enamorada de Edward. Dos horas antes de tomar el vuelo, regresé al aeropuerto el cual era muy bonito.

Caminé bajo el techo alto. El piso de mármol brillaba de limpio. Los mesones de las líneas aéreas estaban cubiertos con granito. Los baños eran espectaculares. Súper elegantes, con sus pisos de mármol y muebles clásicos. Yo pensaba que era uno de los aeropuertos más modernos comparado con el aeropuerto internacional en Los Angeles, California que es uno de los más antiguos.

Como a la una de la tarde, tomé el vuelo a Honolulu, el cual demoró como cinco horas. Cuando llegué, el día estaba hermoso. Pero cuando iba por la carretera, comenzó a lloviznar. Luego al llegar a Waikiki, esta se acabó y el día mejoró. De regreso a mi departamento, abrí los grandes ventanales que eran del piso al techo. Una empleada me lo había limpiado. Yo dije:

—Mi departamento es hermoso, estilo clásico, y grande. Es como una gran casa.

El edificio tenía una tremenda piscina con jardines, dos canchas de tenis, y hartas palmeras alrededor.

Luego fui a ver mi jeep. Estaba cubierto de polvo que se había pegado en la pintura. Cuando lo manejé, lo sentí pesado.

Esa tarde Edward me llamó y me dijo:

—Te amo y te hecho muchísimo de menos, darling.

—Yo también, mi amor.

Me dijo que no era feliz sin mi y que no hallaba las horas de que yo volviera en diciembre. Yo también sentía lo mismo.

Esa tarde, me junté con varios de mis amigas y amigos. Algunos no sabían que me había pasado, pues me desaparecí de repente.

—¿Cómo estuvo el viaje? —me preguntaban.

—Muy bueno —respondí.

Ese fin de semana quedé de jugar tenis con mis amigos en el edificio donde vivía. Esa tarde nadamos en la piscina.

La semana siguiente, retomé mi trabajo de psicóloga. El lunes, en mi oficina, me senté detrás de mi escritorio y miré la lista de mis pacientes para ese día. Luego pasó mi primer paciente el cual me recordó a Edward cuando lo vi deprimido por su polola que lo había dejado.

Durante el tiempo que estuve en Estados Unidos, Edward me llamaba casi todos los días. También, a menudo conversaba con mi familia. Periódicamente me comunicaba con mi editor, para conversar sobre la novela.

No vi a Edward ni a mi familia durante varios meses hasta mi regreso a Chile. A menudo releía la novela y la encontraba más interesante. El editor y yo le agregamos más capítulos. Mientras más la leía, mejor la encontraba. Así, me pasé inolvidables horas sumergida en el mundo de mi novela.

CAPITULO XLIV

Felizmente, al fin en diciembre, en la víspera de Navidad, no tan solo regresé a Chile al lanzamiento de mi novela a la cual le había agregado más capítulos en honor a mi padre, sino que también a juntarme con el hombre que amaba, Edward. Esa mañana soleada, con el verano recién comenzando, cuando llegué al aeropuerto Arturo Merino Benítez, sonreía de felicidad. Pensé que el aeropuerto estaba lleno de personas por la Navidad, pero eran muchos curiosos que sabían que estaba llegando ese día y querían mi autógrafo. Meses antes se le había hecho publicidad a mi novela. Mis lectores me vieron, me aplaudieron, y se acercaron para pedirme autógrafos. Yo saludé y firmé algunos a mis seguidores. Luego me hice camino para encontrarme con Edward y mi familia que me esperaban ahí.

Sabía que ellos me estaban esperando en el aeropuerto, pero con tanto gentío no los veía. De pronto los vi. Edward se veía muy elegante y buen mozo en ropa deportiva. Mi madre y hermanas ya se habían sobrepuesto y sus ojos se les notaban alegres. Mi sobrinito Alexito se había casado con Prisila y andaban con su hijita Catalinita. Tuve que abrirme camino para saludar a mi familia y a Edward. Ellos estaban al lado de un árbol de pascua. Edward corrió a encontrarme y me tomó en sus brazos diciéndome, –mi amor, te amo, te adoro, te necesito.

–Te extrañé muchísimo, mi amor –le dije muy contenta mientras me abrazaba.

–Dime que volvistes para casarte conmigo –me dijo Edward.

–Sí, mi amor volví para ser tu esposa –le dije con mis ojos llenos de felicidad.

–¡Oh, mi amor te quiero, te amo, y te quiero junto a mi para siempre –me besó emocionado.

–Te quiero muchísimo más, mi amor –le dije con pasión.

–Estoy tan enamorado de ti, mi amor, que soy el hombre más feliz de tenerte en mis brazos –me besó.

No me quería soltar para saludar a los demás.

Edward y yo salimos del aeropuerto tomados de la mano al lado de mi familia.

Todos estaban contentos de verme de nuevo.

Ese día, afuera del aeropuerto, los árboles con sus hojas verdes polvorientas se mecían con la brisa del verano.

Miraba alrededor mientras íbamos a la mansión.

–¡Qué bonito se ve todo! –dije.

Se veían árboles de pascuas y niños jugando con sus juguetes en las veredas. Cuando pasamos por la Alameda, sonreí cuando miré los típicos vendedores ambulantes que vendían sus juguetes navideños. Se escuchaban niños tocando sus cornetas en la calle.

De regreso a la mansión, vi a través de los ventanales abiertos, que algunos de mis hermanos caminaban al lado del árbol de pascua que habían colocado en el living. Cuando me vieron, ellos corrieron a saludarme.

Después que nos saludamos de abrazos y besos, las empleadas caminaron detrás de nosotros con los bolsos. Las flores y árboles en la entrada de la mansión, se mecían con la brisa. Ese día estaba caluroso. El sol entraba hasta el pasillo, inundando su techo alto con su piso de mármol.

–¡Hola, hermanita! –dijo Hugo abrazándome para saludarme.

–¡Hola hermanito! ¿cómo estás?

–Contento de tenerte aquí –contestó.

Algunos de los niños corrieron gritando a saludarme y se colgaban de mí cuando los abrazaba. Yo los tomaba en mis brazos para saludarlos.

Caminé con los niños de la mano hacia la casa.

–*Auntie*, Victoria, *how are you?* –preguntó uno de los niños.

–*Fine, thank you, and you?* –respondí.

Después de conversar con mi familia y Edward en el living, fuimos a desayunar al comedor del primer piso. Mientras desayunábamos reíamos de felicidad de estar juntos otra vez.

Más tarde, nos paramos y entusiasmados caminamos por el jardín. La fuente chispeaba agua a las flores. La brisa fresca de esa mañana movía los pétalos de las flores y las hojas verdes de los árboles.

–Estoy muy contento de que hayas regresado mi amor – dijo Edward sonriendo de felicidad.

–Yo también mi amor –dije.

Mi familia nos miraba con cariño, pues sabia que nos amábamos.

–Deberíamos ir al campo –dije.

–Sí Victoria –contestó mi mamá.

–Así podrás comer soplillo –dijo Hugo.

–Victoria, hermanita, vas a poder comer todas las comidas

del campo que tanto te gustan –dijo Roberto a quien llamábamos Titín.

–Sí, Titín –contesté.

Mientras pasábamos por el lado de un durazno, saqué uno, lo lavé, y comencé a comerlo.

–¿No me vas a convidar un poco de durazno? –me preguntó Edward.

Yo sonreí y le dije, –Mmm.... Acercate mi amor.

–¡Está delicioso! –dijo saboreando un mordisco.

Durante un rato, nos sentamos sobre el pasto en el jardín. Luego, llegó la hora de almorzar. Se olía un delicioso olor a empanadas y asado que venía de la cocina. Las risotadas de los niños se escuchaban alrededor mientras jugaban.

Luego caminamos hasta la casa. En la cocina, las empleadas estaban friendo empanadas. Ellos tenían la costumbre de darnos algunas mientras las freían.

–Darling, la empanada está muy rica, pero muy caliente –me dijo Edward sonriendo.

–Deja que se enfríe, mi amor –le dije.

–Sí, mi amor –contestó Edward.

–Mis hijos están acostumbrados a comer empanadas recién fritas –dijo mi mamá justificando el hecho de que nosotras las comiéramos sin enfriarlas.

–Una copita de vino –dijo Hugo.

–Sí, las empanadas van muy bien con un buen vino tinto –respondió Edward.

–Sí –le dije sonriendo.

Mientras comíamos las empanadas alrededor de la cocina, las empleadas sonreían con complicidad.

Una me dijo, –¿cómo está la empanada, señorita?

–¡Está muy rica! –contesté.

Enseguida, conversando pasamos a almorzar a la mesa del

comedor del primer piso que daba a la terraza al lado de la piscina. Los niños se lavaron las manos y pasaron a una mesa ubicada al lado de la de los adultos.

Nos sentamos alrededor de la mesa rectangular, cubierta con un mantel navideño. Unos lindos candelabros de plata hacían juego con los cubiertos. Sobre la mesa, habían colocado paneras con pan amasado y botellas de vino tinto. Mis hermanos, mamá, Edward, y cuñados no dejaban de hablar.

Después que las empleadas nos sirvieron el almuerzo, comenzamos a comer, mientras conversábamos animadamente.

–Victoria, la ensalada está preparada con verduras de nuestra huerta –dijo mi mamá.

–Están muy ricas –contesté.

En los veranos comíamos verduras de la huerta del campo.

Durante el almuerzo acordamos ir al campo el fin de semana. Después de haber almorzado, propuse ir al jardín.

–Sí, claro –dijo Yannette.

Los niños ya estaban allí. Ellos saltaban y gritaban jugando. Luego cuando se cansaron, se fueron a sentar en las escaleras que daban al jardín.

Cuando comenzó a lloviznar regresamos a la casa. Esa tarde cenamos en el balcón del segundo piso. Antes de comenzar a cenar, la llovizna terminó y nos paramos a conversar detrás de la baranda de cemento del balcón mirando hacia fuera. Al frente se veía la piscina y el jardín. Edward había ido a su trabajo en el Canal Cinco de televisión. Cuando llegó, lo vi descender de su jeep que estacionó bajo un árbol al lado del jardín y caminó cantando hacia la casa.

Cuando subió al balcón, nos saludó de beso y nos sentamos a la mesa. Enseguida comenzamos a comer. Ese día, la cena estuvo deliciosa. Comimos pollo asado con ensalada de tomates con arvejas. Como postre, comimos duraznos del duraznal de nuestro padre. Esa noche el cielo estaba cubierto con estrellas.

–¿Cómo estamos para ir al campo? –me preguntó Edward.

–Feliz, pero también tengo que prepararme para el lanzamiento de mi libro que será la próxima semana.

–Sí, cariño –dijo Edward.

Esa noche nos quedamos conversando hasta bien tarde.

CAPITULO XLV

Antes del lanzamiento de mi novela, por primera vez después de muchos años me levanté feliz al amanecer para ir a Yungay con mi familia y Edward. Pensando en Edward que se había quedado en el dormitorio de alojados la noche anterior, me bañé y cambié ropa rápidamente para estar con él. Esa mañana estaba fresca y había mucha neblina, pero luego ella desapareció. Era muy temprano por eso estaba oscuro todavía. Cuando me asomé al balcón, sonreí cuando vi a Edward conversando con algunos de mis hermanos y mi mamá al frente de la terraza al lado de la piscina adonde íbamos a desayunar.

–¡Hola, mi amor! –me dijo Edward sonriendo cuando se dio cuenta que lo miraba.

Luego partimos contentos rumbo a Yungay. Mientras el jeep avanzaba hacia la carretera, nosotros conversábamos. Más tarde, el jeep entró a la Panamericana. No se veían muchos vehículos a esa hora.

Más adelante, pasamos por Paine, a ambos lados de la carretera, se divisaban diversos puestos vendiendo duraznos, sandías, melones, uvas y chicha.

–Compremos sandías –dijo Roberto.

–Sí, tienen que estar muy refrescantes –contesté.

Nos detuvimos al frente de uno de los puestos y un vendedor se acercó a nosotros.

–¿En qué puedo servirles? –preguntó el vendedor.

–Queremos sandias –respondí.

–Sí, elijan –dijo el vendedor.

Compramos varias sandías y melones. Sentados en una mesa, nos comimos una rica sandía y después continuamos rumbo a la mansión del campo. Algunas personas caminaban por el borde de la carretera. Más adelante, se asomó el sol y se divisaban animales pastando.

La carretera estaba muy llena de vehículos. Nosotros mirábamos los potreros de trigo que estaban bronceados y animales con sus críos en ambos lados de ella. Más adelante, se sentía olor a empanadas.

Horas después, mientras el jeep avanzaba en la carretera de Chillán hacia Yungay, yo miraba alrededor. Esa madrugada estaba fresca. La brisa movía las ramas de los árboles que estaban cubiertos de hojas verdes. A lo lejos se divisaban campesinos caminando por los potreros y animales pastando.

Cuando íbamos llegando a la mansión del pueblo de Yungay, divisamos los altos pilares al frente. Mientras avanzamos por el callejón hasta ahí, saludamos algunos trabajadores que andaban trabajando alrededor. Cerezos, duraznos, y ciruelos se veían cargados con frutas. A través de los ventanales, se divisaba un árbol de pascua con luces de Navidad en el living del primer piso. Algunos empleados ya se habían levantado y caminaban por la casa y el patio. Cuando tocamos la bocina, ellos vinieron a encontrarnos contentos.

Nos saludamos, caminamos hacia adentro de la casa y nos

paramos al lado del árbol de pascua que habían decorado en el primer piso. En la casa entera se percibía el olor a pino navideño.

–¿Les gustó el árbol de pascua? –preguntó uno de los empleados.

–Sí, está muy bonito –contestó mi mamá muy contenta.

Los empleados habían colocado el árbol de pascua, al lado derecho del living del primer piso. Durante un rato, conversamos alrededor de él mientras los empleados nos sirvieron pan de pascua con mermelada y leche de vaca. Mientras conversábamos, el sol comenzó a entrar por los ventanales. Nos paramos y fuimos al patio. La brisa tibia mecía las hojas húmedas de las flores del jardín y de los pilares de la estructura de la piscina. Un largo rato caminamos por el jardín. En él había muchos claveles, pensamientos, jazmines, rosas, campanas, y lirios.

Cuando estábamos cerca de una huerta, vimos a los empleados que estaban cortando arvejas y habas. Otros estaban limpiando el patio o haciendo el almuerzo.

–¡Qué bonita se ve la huerta! –dije muy contenta.

–Si, señorita. Sobre todo las *alberjas* –contestó uno de ellos–. A su padre le gustaba mucho caminar en la *guerta* en esta época.

–Si, por eso a nosotros también nos gusta –respondí sonriendo.

–Victoria… hoy vamos hacer cazuela de arvejas –dijo mi mamá.

–Mmm..., es una de mis cazuelas favoritas –contesté sonriendo.

Más adelante, Juan, un trabajador interrumpió su trabajo y nos miró sonriendo.

–Señorita, Victoria, el patrón, desde el cielo estaría feliz de verla aquí –dijo Juan.

–Sí, muy contento –respondí.

Juan siguió trabajando.

–Buen trabajo –dijo Roberto, mi hermano menor.

Los trabajadores interrumpieron su trabajo y sonrieron casi en coro:

–Gracias, patroncito.

Nosotros seguimos caminando y los dejamos trabajando.

Luego regresamos a la casa. Las empleadas ya habían colocado la mesa. Teníamos hambre. Ese día almorzamos una rica cazuela de cordero con arvejas, asado, y postre de duraznos con cerezas y pan de pascua. La cazuela estaba riquísima, más aún, hacía años que no la había saboreado.

–¡Mmm..., la cazuela está riquísima! –exclamé sonriendo.

–Gracias, Victoria –contestó mi mamá.

Mi hermano Hugo había destapado las botellas de vino tinto y había llenado las copas de cada uno.

Se sentía la ausencia de mi padre. Mientras comíamos, yo pensaba en él y lo imaginaba sentado en la cabecera de mesa.

A ratos entraba una brisa fresca por la ventana que estaba abierta.

–Hermana Victoria, estamos contentos de tenerte aquí –dijo Titín.

–Yo también –contesté.

En la casa se sentía música navideña.

En la tarde, nos sentamos alrededor de la piscina. A través de los ventanales, se divisaba el árbol de pascua. Algunos de mis hermanos caminaban en el segundo piso. Cuando me acordé de la novela, subí a buscar un ejemplar para releerla.

–Voy a subir a la biblioteca –dije.

–¿Te acompaño? –me dijo Edward.

–Cariño solo voy a buscar la novela.

Luego regresé a la piscina y me senté junto a Edward. Los faroles de ambos lados de la piscina iluminaban todo el alrededor. Bajo el cielo estrellado, mirando el árbol de pascua, comenzamos a leer la novela.

Después que leímos algunos de sus capítulos, los comentamos.

–Sí hubieses publicado la novela en él invierno, no habrías mostrado estas escenas tan bonitas –dijo mi mamá.

–Tiene razón mamá –contesté.

–Están muy bonitas las descripciones y las caracterizaciones están muy buenas –dijo mi hermana Yannette.

–Gracias –respondí.

–La próxima semana comienza el éxito de tu novela, Victoria –dijo mi mamá.

–Dios quiera –dije.

Los niños de Karincita tocaban sus cornetas de navidad mientras jugaban alrededor. Ellos corrían del árbol de pascua que estaba en el primer piso hasta donde estábamos nosotros.

Al día siguiente, nos levantamos antes del amanecer para ir a la mansión del fundo que estaba como a media hora. Esa mañana estaba fresca. Mientras mi hermana Yannette conducía, nosotros mirábamos el paisaje.

Cuando íbamos subiendo una loma, divisamos la mansión grande del campo. Después que saludamos a un trabajador que andaba por el callejón y que nos abrió las trancas, seguimos por el callejón bordeado de árboles. Al lado izquierdo, había una quinta llena con árboles frutales. Al lado derecho, había un potrero en donde pastaban ovejas y chivos.

Después que pasamos por el callejón, llegamos a la mansión que estaba rodeada de jardines y manzanilla. Estacionamos el jeep al lado del jardín al frente del caserón. Los trabajadores que caminaban por el patio nos fueron a recibir.

Mientras caminamos conversando hacia la entrada de la casa, las empleadas caminaban detrás de nosotros con los bolsos. Se percibía el típico olor a abono de animal. Después que nos sentamos en el living por un rato, acordamos ir al establo que estaba al lado de la cancha de tenis. Esa mañana vimos a las empleadas cuando sacaban leche a las vacas en el establo. Habían hecho queso de vaca el día anterior.

Esa mañana desayunamos y salimos a recorrer alrededor del fundo acompañados de los perros. Luego caminamos por el jardín. Las hojas verdes de las flores y árboles se veían como cristales con el rocío. El sol había comenzado a salir. Mientras caminábamos por el lado de la cancha de tenis, la puerta del establo se abrió y salió un empleado con un balde con leche.

–¿Desean leche fresca, patrones? –dijo el campesino del fundo.

–Si queremos... es muy rica –respondí sonriendo.

Nos paramos y miramos las vacas durante un rato. Algunos terneritos estaban recostados en la paja. Luego pasamos al establo de las ovejas. Los niños corrieron a abrazar a los chivitos. Yo los tomaba en mis brazos. Todos les hacíamos cariño.

Luego, dejamos el establo y caminamos hacia una huerta. Las arvejas y sembrados de habas estaban más altos que nosotros. Entre medio, se divisaban flores silvestres. Las mariposas revoleteaban a nuestro alrededor. Las ramas de arvejas y habas nos hacían cosquillas en la cara, brazos, y piernas. Ese día andábamos con chalas, short, jeans, poleras y un yoqui de polo.

–Va a tener que acostumbrarse a la vida del campo, Edward –dijo mi mamá.

–Me fascina todo lo que le gusta a Victoria –contestó

Edward.

–Mmm... –murmuré sonriendo.

Mientras caminábamos, los niños comenzaron a correr delante de nosotros. En la quinta, las ramas de los árboles casi llegaban al suelo de tan cargadas de frutas. Algunos de los niños se encaramaron a los ciruelos y manzanos y empezaron a comer frutas como mis hermanos y yo lo habíamos hecho en el pasado. Los niños gritaban de felicidad cuando a veces sacudían los ciruelos y caían hartas ciruelas que recogíamos ansiosas.

–¡Está muy rica! –me dijo Edward saboreando una ciruela.

–Cuando estábamos chicas nos gustaba mucho encaramarnos en estos árboles frutales –contesté riendo.

–Sí, ustedes conocen muy bien estos árboles –dijo mi mamá.

–A veces, usábamos una picana para sacar manzanas que estaban en las ramas altas –dijo Hugo.

Al día siguiente, nos levantamos a la salida del sol. Desayunamos leche de vaca con queso fresco y mermelada con pan amasado. Después, fuimos a ver los potreros y sembrados de trigo. El trigo bronceado estaba más alto que nosotros y se mecía con la brisa fresca del verano. Se percibía un intenso olor a paja. Las espigas estaban llenitas de trigo y a punto de ser cosechadas. Yo pensaba que tal vez era mi padre quien mecía el trigo. Los pájaros cantaban alrededor. Nos abrimos un camino entre las espigas de trigo. Jugando, nos escondíamos entre ellas. Estas estaban húmedas con el rocío y nos humedecieron la ropa. A la hora del almuerzo, regresamos a la casa y después nos fuimos a la playita del río que estaba en el mismo fundo.

Esa tarde, mientras íbamos a la playita, el jeep levantaba polvo que se nos acumulaba en nuestras caras. Alrededor, los árboles se notaban polvorientos.

En la playita, detrás de unos matorrales nos pusimos los trajes de baños y nos fuimos a nadar mientras una empleada nos preparaba el almuerzo. Ese día comimos asado de cordero a la parrilla, papas cocidas, ensalada de tomates, y cerezas con crema de postre. Mientras nadábamos, sentíamos el olor al asado y a veces mirábamos como se iba dorando. La boca se nos hacía agua.

Después de un rato, nos dio hambre y volvimos al lugar donde las empleadas estaban haciendo el asado. Nos sentamos sobre el pasto verde, bajo unos árboles. Cada uno de nosotros, sacó un vaso de mote con huesillos desde una bandeja.

–El mote está muy rico –dije.

–Mmm..., sí, Victoria –dijo Roberto.

–Está muy bueno –dijo Yannette.

–Si –respondió Karincita.

–Como a sus tías, les gusta el mote con huesillos –respondió mi mamá sonriendo.

–A mi padre le encantaba nadar en este río –dijo Yannette.

–Tu padre era muy buen nadador –dijo mi mamá.

–Patrones, ahora desde el cielo, su padre los ve y los protege –dijo un empleado.

–Si –respondió mi mamá.

Al día siguiente, en la madrugada, acompañamos a los empleados a cortar trigo para hacer el famoso soplillo. Después que cortamos un poco de él, regresamos a la casona. Por el callejón, casi al llegar al jardín, dejamos los atados de espigas. Bajo la sombra de los árboles frutales y de un tilo alto nos sentamos y comenzamos a sacar el trigo de las espigas.

Ese día almorzamos soplillo. Tenía un sabor a trigo muy rico.

Después de almorzar, nos fuimos a la quinta de los

duraznos que nuestro padre había plantado años atrás. En el duraznal, los duraznos estaban cargaditos. Sacamos algunos y nos sentamos a comerlos sobre el pasto, bajo los árboles.

–Están muy dulcecitos –dije.

–Mmm..., si Victoria –dijo mi mamá comiendo uno.

A los niños les corría el jugo de los duraznos por sus manos y brazos mientras se los comían corriendo alrededor de nosotros.

–Mi padre quería mucho su duraznal –dijo Yannette.

–Ahora tiene que estar mirándolo como sus hijos disfrutan sus duraznos –dijo mi mamá sonriendo.

–Si, mamá –dijo Roberto.

De vez en cuando, se escuchaba conversar a los trabajadores que cosechaban las arvejas, en la huerta.

–¡Hola, patrones, la trilla *va guena!* –nos dijo uno cuando nos vio.

Mi mamá dijo, –Muy bien. Así me gusta.

CAPITULO XLVI

Al fin llegó el día tan ansiado del lanzamiento de mi libro y de la firma de los autógrafos. Mi novela se titulaba, *Mi Padre, El Legado de Un Hombre Emprendedor*. Esa mañana bonita y soleada, me levanté temprano. Mientras me bañaba y cambiaba ropa sonreía pensando en lo feliz que me sentiría firmando autógrafos. La publicidad de la firma de autógrafos se había visto en la televisión y diarios. También, se había escuchado en algunas universidades, colegios, y radios. Después que desayuné, mi familia, Edward, y yo partimos fascinados a la presentación de mi novela. El editor nos estaba esperando en la librería. Durante el trayecto, me sentí un poco nerviosa por la reacción de mis lectores. Pero mis temores se me desaparecieron cuando nos aproximamos a la librería y vi montones de personas que querían entrar al lanzamiento.

Edward estacionó el Range Rover al frente de la librería. Después que se bajó, me abrió la puerta y extendió su mano para ayudarme a bajar.

–¡Victoria, la estábamos esperando! –dijo mi editor sonriendo.

–Así veo –respondí fascinada y asombrada por el gentío.

Después que nos saludamos, nos abrimos camino para entrar a la librería. Mientras caminábamos pensaba que todo estaba saliendo mejor que lo presupuestado. Las personas se empujaban para que yo les firmara autógrafos. Pasamos entre mucha gente. Algunos se empujaban el uno contra el otro para que yo les firmara autógrafos o les dijera algo.

Luego entramos a la librería. Adentro, había muchas personas.

–No puedo creer que haya venido tanta gente –pensaba mientras miraba a mi alrededor sonriendo.

Era el éxito que deseaba.

Algunos periodistas me acercaban sus micrófonos para preguntarme diversas cosas.

–¿Qué le parece el éxito de su novela? –me preguntó un periodista.

–Me siento feliz –contesté sonriendo.

Unos jóvenes que parecían ser estudiantes andaban con gorros y poleras con el título de mi novela. Los fotógrafos me enfocaban con sus cámaras y los periodistas de los diarios me hacían preguntas.

Al comienzo, yo me paré al lado de mi editor frente a una mesa llena de ejemplares de mi novela. Al lado derecho, había un árbol de pascua. El editor, con un ejemplar del libro en su mano dijo:

–Demos una cordial bienvenida a la gran escritora chilena radicada en los Estados Unidos, Victoria Wellington, autora de la novela "Mi Padre, El Legado de Un Hombre Emprendedor."

Todos aplaudieron para darme la bienvenida. Yo sonreí y los saludé cariñosamente:

–¡Bienvenidos todos al lanzamiento de mi novela!

Allí estaba Edward y casi toda mi familia y varios invitados de honor, y amigos. Solo mi familia y los invitados de honor estaban sentados en sillas. Atrás y a ambos lados de la librería, muchas personas estaban paradas. Habían habilitado la librería especialmente para el evento. Del techo colgaba una lámpara que tenía muchas ampolletas. La entrada tenía ventanales grandes con publicidad de mi novela y decoraciones navideñas. En las paredes había estantes llenos de libros. Algunos estaban corridos para dejar más espacio para las personas. Adentro, se percibía un olor a pino, que venía desde el árbol de pascua.

Después que mi editor me presentó, me dirigí al público asistente para hablarles acerca de mi y la inspiración para escribir mi novela. Luego los dejé con músicos quienes tocaron música clásica con violines, celos, y contra bajos. Los aplaudieron cuando estos terminaron de tocar. Entonces, nuevamente me dirigí al público para contarles la historia de mi novela y leer algunas de mis escenas favoritas de ésta. Antes del brindis por el éxito de mi novela, pregunté si alguien tenía alguna pregunta. Muchas personas me hicieron preguntas.

–¿Qué la motivo a escribir su novela? –me preguntó una persona

–La muerte de mi padre –contesté.

–Traducirá su novela a otros idiomas –me preguntó otra persona.

–Claro que sí –contesté.

Después que respondí a varias preguntas, los invité a todos a brindar. Mientras brindábamos, algunas personas me felicitaban por el éxito de mi novela. Ya había distribuido copias de ésta en avance para críticos y universidades. Luego, los invité a todos a que pasaran a ver y conocer mi novela y a un cocktail. En grupos se amontonaron alrededor de la mesa con copias de mi novela. Algunos compraban copias de mi libro y me decían que les firmara autógrafos y les escribiera dedicatorias. Me sentía feliz de que los asistentes se interesaron tanto en mi novela.

Antes que finalizara la presentación de mi libro, di las gracias

–Me gustó mucho su novela –me dijo un joven.

–¡Qué bien! –le dije sonriendo.

Entre las personas que esperaban para que les firmara autógrafos, había un campesino del fundo de mi padre. Esto me emocionó mucho.

Por la puerta, que estaba un poco abierta, entraba aire fresco. Adentro había aire acondicionado, pero igual hacía calor.

La noticia de la publicación de mi novela se supo en todo Chile, más aún cuando los periodistas me entrevistaron en vivo. Estos comentaban con entusiasmo el éxito de mi novela y luego me hicieron preguntas.

Un periodista del Canal Cinco de televisión donde Edward trabajaba me entrevistó.

–¿Podría decirle a nuestros televidentes cómo se siente por el éxito de su novela? –preguntó el periodista.

–Muy contenta y agradecida por la bienvenida de mi novela –contesté.

–Así lo veo –respondió el periodista.

–¿Qué mensaje le gustaría darle a los lectores de su novela?

–Que sigan leyendo mis obras literarias.

La cámara me enfocaba mientras respondía a las preguntas.

Luego, el periodista se acercó con su micrófono a un joven presente.

–¿Qué te parece la novela? –preguntó el periodista.

–Me gustó muchísimo –contestó el joven.

Una pantalla de televisión, ubicada sobre un estante lleno de libros mostraba en directo la entrevista.

El periodista entusiasmado sonrió y me preguntó:

–¿Se puede saber el título de su próxima novela?

–Sí, pero prefiero que sea una sorpresa –respondí sonriendo.

–¿Podría decirnos cuánto tiempo se demoró en escribirla? –me preguntó el periodista.

–Me demoré como un año.

–¿Cree usted que su novela puede inspirar a los chilenos a leer?

–Sí, absolutamente –contesté.

–El país necesita personas como usted que se preocupen de mejorar la educación en Chile –dijo el periodista.

Las personas aplaudieron y se escucharon entre murmullos expresiones como: "...necesitamos a personas como usted, Victoria, que escriban sobre nuestra realidad."

Cuando terminé de firmar los autógrafos, le di las gracias a los asistentes y luego salí de la librería. Ya era tarde. Afuera los niños tocaban cornetas de Navidad. Algunos me siguieron. Por un rato respondí las preguntas de los periodistas y de mis lectores.

–¿Cree Ud. que su novela podría ser adaptada para una película? –preguntó uno de ellos.

–Sí, claro que sí.

–¿Qué opina del éxito de su novela? –preguntó otro periodista aunque ya me habían hecho esta pregunta, la contesté.

–Estoy muy feliz.

Salimos de la librería. Con mi editor, Edward, y mi familia y otros invitados fuimos a la casa de mis padres a celebrar el éxito de mi novela. Los empleados de la casa se habían tomado como una semana en preparar la fiesta. Pero las invitaciones se habían enviado como un mes antes. Mientras nos abríamos paso para salir, algunos me tiraban besos con sus manos. Otros me pedían más autógrafos. Luego partimos rumbo a la mansión en mi Range Rover. Sacando la mano por la ventana, me despedí de la gente que había asistido a la presentación.

Adentro del automóvil, el editor me abrazó sonriendo y felicitándome:

—Se veía muy bien firmando autógrafos. ¿Era el éxito que deseaba?

—Sí, gracias por haber tenido fe en mi —le dije.

—Hacía mucho tiempo que un escritor no tenía tanto éxito como el suyo —me dijo entusiasmado.

—¿Cuánto tiempo? —pregunté con curiosidad.

—Años.

Más adelante el editor me preguntó:

—¿Cuándo comenzará a escribir su próxima novela?

—Una vez que publique otras que escribí en castellano y inglés.

—¡Qué bien! —me contestó el editor.

Ese día estaba caluroso, pero con el aire acondicionado se sentía fresco adentro del vehículo.

—La firma de autógrafos estuvo mucho más exitosa que lo que pensaba —dije.

—Mi amor era lo que tanto querías —me dijo Edward con un beso.

CAPITULO XLVII

Cuando íbamos llegando a la mansión, Edward detuvo el Range Rover y le preguntó a uno de los empleados si había llegado su amigo de Inglaterra. Lo estaba esperando pues este señor sería muy importante en la difusión del libro.

–Sí señor, llegó en un Range Rover dorado.

–Gracias.

–Para servirlo –respondió el empleado.

Nosotros seguimos adelante. Minutos después estábamos adentro de la casa con algunos invitados.

Esa tarde, al volver a la casa, vimos algunos empleados cerca del portón de acceso, que estaba abierto para facilitar nuestra entrada. Los invitados estaban llegando en sus vehículos. Otros caminaban hacia la puerta de entrada. Un empleado los saludaba con una venia y los conducía por un pasillo hasta el comedor grande. Después que nos bajamos y caminamos hacia la puerta de entrada, los invitados me saludaban de beso y me felicitaban.

Adentro de la casa se escuchaba una agradable música Navideña y conversaciones. Cuando llegamos al comedor grande, este parecía un teatro por la cantidad de invitados.

Al centro del comedor, había un árbol de pascua. A un lado, habían mesas cubiertas con manteles navideños. Sobre las mesas había asados, ensaladas, champaña, pan de pascua, vinos, y bebidas. En las paredes blancas del comedor colgaban retratos de mi familia y pinturas de Monet, Rembrandt, y Van Gogh. A través de la terraza se veía la piscina celeste rodeada de flores y árboles altos. Los invitados conversaban en grupos. Algunos comentaban acerca de mi novela. Otros caminaban por el medio del comedor alrededor del árbol de pascua. Otros estaban cerca de las mesas. Las personas que no querían comer de pie, se sentaban alrededor de las mesas. Adentro, con tanta gente, hacía mucha calor. Los ventanales grandes estaban abiertos. Algunas personas tenían en sus manos platos con asado y ensalada. Unos pocos comían de pie al lado de las mesas.

Más tarde, cuando notamos que todos los invitados habían llegado, el editor propuso un brindis por el éxito de mi novela y tomó una botella de champagne que estaba en una mesa y la abrió. El corcho saltó hasta el techo. Los demás se rieron a carcajadas al escuchar su estampido. El editor llenó algunos vasos. Luego los empleados, siguieron sirviendo champagne y llenaron las copas de los invitados.

El editor nos miró a todos y dijo alzando la voz.

–Brindemos por el éxito de la novela *Mi Padre, El Legado De Un Hombre Emprendedor* de la escritora Victoria Wellington.

Todos brindaron felices.

–¡Otra copa! –dijo el editor entusiasmado.

–Sí –dijeron todos–. Otra copa.

Algunos bebieron otra copa de champagne. El sol entraba por la ventana. Ese día hacía calor. Después, las conversaciones, música, y las risotadas se escuchaban por toda la casa.

Más tarde, le dije a los invitados que pasaran a comer.

Mi editor y yo nos acercamos a la mesa. En un plato, nosotros pusimos un trozo de asado con ensalada y nos fuimos a sentar a una mesa. A un empleado le dijimos que nos llevara una copa de vino tinto para cada uno. Durante la recepción, los invitados me felicitaban por mi novela. Algunos me miraban un anillo de diamantes que me había regalado Edward. Yo andaba con un traje rosado de gala que me había comprado en los Estados Unidos y un sombrero blanco. Por los ventanales abiertos, entraba aire fresco.

Durante un rato, conversamos con los invitados que se fueron a sentar a la mesa que estaba al lado del árbol de pascua. Cuando se pararon, yo fui a conversar con mi mamá y Edward. Edward quería estar todo el tiempo conmigo, pero yo tenía que compartir con todos. Edward era muy celoso, pero no con mi editor, ya que lo encontraba muy inglés, amable, y virtuoso.

–Victoria, los invitados me felicitan por tener una hija que escribe tan bonito –dijo mi mamá.

–Gracias mamá.

Mis hermanos, hermanas, otros familiares, y amigos se acercaban a conversar conmigo, mientras comíamos.

Cuando me di cuenta que el editor estaba solo parado mirando el árbol de pascua, caminé hacia él. Durante un rato, conversamos contemplándolo. Luego fuimos a sentarnos a una mesa que estaba al lado de la ventana. Un periodista se acercó a nosotros, se sentó en nuestra mesa y dijo:

–Me gustó mucho el lanzamiento de su novela.

–Gracias –contesté sonriendo.

–Victoria escribe con pasión –dijo el editor.

Adentro se sentía el bullicio de las conversaciones. Algunos conversaban, otros reían, y otros continuaban comiendo. La música navideña se escuchaba por toda la casa.

Edward me miraba mientras comía y condescendía con los demás. Cuando el editor se puso a conversar con otras personas y yo fui a buscar más comida, Edward se acercó a mí.

–Te quiero –me susurró.

Yo sonreí y le dije, –te amo.

Luego, el editor y yo nos sentamos al lado del árbol de pascua. Durante un rato, conversamos con otras personas que se nos acercaban. Cuando nos dio hambre, fuimos a la mesa. Colocamos frutillas con crema en los platos y caminamos hacia la ventana.

–La frutilla está muy rica –dijo el editor.

–Deliciosa –respondí.

Adentro hacía mucho calor. Ya se había oscurecido. Las ventanas estaban abiertas, pero igual hacía calor.

–Vamos al balcón –me dijo el editor que tenía que decirme algo.

–Sí –contesté.

Antes de que subiéramos allí, Edward me presentó a Roger Sperling, su invitado inglés, conocido también por él editor. El era un alto funcionario de una de las universidades más prestigiosas de Chile. Al editor le interesaba que yo lo conociera. Por eso lo había invitado.

–¿Por qué llegas tan tarde? –le preguntó mi editor.

–El tráfico –contestó Roger. Tu sabes como es la congestión a esta hora.

–Bueno. Lo importante es que ya llegastes. Vamos a la mesa –dijo mi editor.

Roger, el editor, y yo nos sentamos en una mesa a conversar.

Roger le había comentado a mi Editor que la universidad necesitaba una novela clásica chilena como la mía. Por eso quería decírmelo. Algunas personas se acercaban a conversar con nosotros. En el comedor se percibía olor a cebollas fritas.

Para conversar más tranquilos, mi editor, Roger, y yo caminamos por entre la gente hacia el balcón del segundo piso. Salimos del comedor y entramos al pasillo que daba a las escaleras. En el balcón nos paramos mirando hacia fuera.

–Su novela me encanta –me dijo Roger.

–Me agrada muchísimo saber eso –contesté.

–Estoy seguro que a los estudiantes les fascinará –dijo Roger.

Después que conversamos sobre mi novela, tocamos otros temas.

–¡Qué bonita está la noche estrellada! –dijo mi editor.

–Sí muy bonita –le contesté.

–Hace mucho calor adentro –dijo un invitado.

–Si, pero aquí está fresco –respondió mi editor.

Durante un rato conversamos apoyados en la baranda del balcón. La brisa tibia movía mi pelo rubio.

Más tarde, sentimos un rico olor a asado. Se me hizo agua la boca. Pensé que me estaba poniendo glotona. Los otros invitados regresaron al comedor. Edward subió y cuando estuvimos solos, él me besó.

Después volví a conversar con mi editor y Roger.

–¿Qué le parece si firma autógrafos en la universidad este semestre? –me dijo Roger.

–Sí, me encantaría.

–El departamento de literatura quiere que firme autógrafos –dijo el editor.

–¡Me agradaría muchísimo! –sonreí contenta.

–Ya mandamos a pedir como dos mil ejemplares –me dijo Roger.

Luego un empleado se acercó al lado nuestro para preguntarnos si necesitábamos algo.

En el comedor, otra vez, caminamos hacia la mesa y

sacamos pollo en un plato. Un empleado nos sirvió jugos de frutas. Alrededor nuestro, los familiares y los invitados conversaban entusiasmados. El pollo había sido asado en un fogón y tenía un color dorado.

Más tarde comimos torta. De vez en cuando yo conversaba con diversos invitados, pero después volvía a reunirme con el editor. Adentro se sentía el bullicio de conversaciones y risas. Un rato después, el editor y Edward compartían mientras yo conversaba con otros invitados.

De pronto escuché unos murmullos como si hubiesen sido unas personas que cantaban acompañados de guitarras mientras volvía a juntarme con mi editor y Edward.

–¿Escucha cantar? –me preguntó el editor.

–¿Qué dice? –contesté.

–¿Escucha cantar a algunas personas? –preguntó nuevamente mi editor.

–No –respondí con curiosidad.

Por un rato no le hicimos caso. Seguimos conversando y comiendo. Luego cuando escuchamos que efectivamente algunas personas cantaban, nos apresuramos a ubicarnos en la baranda del balcón del segundo piso. Desde allí, vimos que los campesinos cantaban con sus guitarras. Ellos eran del fundo y habían venido para darme una serenata con motivo de mi novela. Luego los demás estaban fascinados escuchando la serenata y mirando a los campesinos.

Los hombres, mujeres, y niños vestidos con ropas multicolores y sus ponchos cantaban felices celebrando la novela "Mi Padre, el Legado de un Hombre Emprendedor." Tocaban las canciones que a mi padre más le gustaban. La canción "Cielito Lindo" resonaba en la mansión entera. Un campesino abrió varias botellas de vino tinto y luego procedió a llenar las copas y dijo ofreciendo un brindis:

–¡En honor al patrón que fue tan gueno con sus traajadores!

Bajo el cielo cubierto de estrellas, escuchamos las canciones folklóricas que nos cantaban los trabajadores del campo. Luego, uno tras otro, aparecieron en la entrada de la mansión. Bajo una lámpara que colgaba del techo alto del pasillo de mármol, ellos caminaron hacia el comedor.

Adentro, otro de los campesinos dijo:

–Ojala que les haya gustao la serenata.

–Muchas gracias, su patrón tiene que estar feliz de escucharlos desde el cielo –dijo mi mamá.

–Agora nos vamos pa ria pa cuidar el fundo –dijo uno de los campesinos.

–Antes de irse, pasen a comer algo –dijo mi mamá amablemente.

–Gracia, patrona, pero tenemos que regresar al campo pa traajar.

Su patrón estaría contento de verlos comer después de haber venido a brindarle respeto con su serenata –dijo mi mamá.

–Gueno patrona toavía es temprano.

Ellos se acercaron a las mesas, comieron, y bebieron. A los niños les corría el jugo del pollo. A veces los empleados les limpiaban con servilletas.

–Gueñe las alverjas están muy guenas, pero no se chorreen el jugo por los brazos –dijo uno de los campesinos del campo a su hijo.

Mientras todos comíamos, bebíamos, y conversábamos, el editor habló:

–Les doy las gracias a todos por haber venido.

El editor y mi familia nos paramos entre los invitados. En las cuatro paredes había pantallas grandes que mostraban a la familia en tiempo de verano en la mansión del campo caminando por los jardines y al lado de montes y ríos. Otras pantallas mostraban el tiempo de cosecha en el fundo con el trigo bronceado y nosotros trotando o corriendo montados en caballos blancos lo que era típico en el tiempo de cosecha. Al lado derecho de la pared, había una pantalla que mostraba a la familia decorando el árbol de pascua cuando éramos chicos. Mi padre decía, "para Navidad celebramos el nacimiento de nuestro salvador Jesucristo." En la escena, mi padre con una rama de pino entraba con nosotros, y los trabajadores al living. Mis padres y algunos trabajadores apuntalaban la rama de pino en un jarro envuelto en un papel de regalo. Al lado de los pilares altos a la entrada de la casa frente a la piscina habíamos colocado las cajas con las decoraciones. Un rato después corrimos las cajas al lado del árbol de pascua. Nosotros éramos niños. Con juguetes que sacábamos desde las cajas, corríamos. Luego todos colgábamos juguetes en el árbol de pascua. Mi padre había colocado al niño Jesús en el copo del pino, "La gloria del señor Jesucristo brilla entre nosotros, ya que él nació hoy día para salvarnos," decía mi Padre mientras mirábamos el árbol de pascua cubierto de luces de Navidad como un cielo estrellado.

En otra escena, mis padres, mis hermanos y yo, estamos bajo el árbol de pascua abriendo los regalos. Nosotros saltábamos de contentos. Algunos de mis hermanos tocaban sus instrumentos musicales, comían pan de pascua, nos abrazábamos, y comparábamos los regalos.

La música sinfónica de Handel, "Navidad" y otras canciones de niños y sinfónicas navideñas se escuchaban en toda la casa con la familia e invitados festejando.

Esa tarde se pasó muy rápido celebrando el éxito de mi novela.

PARTE IV

CAPITULO XLVIII

Mi vida era tranquila hasta que una tarde recibí una llamada telefónica de Pierre que interrumpió totalmente mi tranquilidad. Mi sorpresa fue mayúscula, ya que habían pasado más de dos años desde que había roto mi romance con Pierre. Incluso pensé que el había rehecho su vida con otra mujer. Desde ese día, las llamadas de Pierre se sucedieron día a día. Yo trataba de ocultarlas de Edward y disimulaba la angustia que me producían esas llamadas, pues no quería romper mi tranquilidad familiar. En las llamadas, Pierre me decía que iba a matar a Edward.

Aunque Pierre me había amenazado con vengarse de mi por haberlo dejado, yo seguí mi romance con Edward y nos casamos en Chile y nos fuimos a vivir a Honolulu, Hawai. Allá tuvimos un hijo a quien llamamos William. Cuando nuestro hijo tenía dos años, a pesar de las amenazas que me había hecho Pierre, visitamos a mi familia en Chile. Ese día cuando llegamos, mi familia nos esperaba en el aeropuerto. Contentos nos saludamos y nos fuimos a la casa de mis padres en el Range Rover. Conversamos alegremente del aeropuerto hasta la casa. Mientras desayunábamos sonreíamos como anticipo de lo bien que lo pasaríamos en la trilla en Yungay. Las llamadas de Pierre se me estaban olvidando.

–El trigo tiene que estar esperando –dije.

–Si, saldremos como en dos horas –dijo Hugo.

–Es un día maravilloso para viajar al sur –dijo mi mamá.

Mientras desayunábamos, los trabajadores colocaban las cosas en el Range Rover.

–Los empleados tienen que estar preparando los caballos para cabalgar en el campo –dijo Roberto.

–Hacían años que no veía una trilla –dije.

–Lo vamos a pasar súper bien –dijo uno de mis hermanos.

Después que desayunamos, caminamos contentos hacia el jardín. Los niños ya habían llegado allí y estaban jugando. Mientras caminaba con Edward de la mano, con mis hermanos y hermanas, reíamos de contentos. Apenas llegamos al jardín que tenía hartos rosales, claveles, y pensamientos, Willy quien jugaba con sus primos, nos gritó riendo de felicidad, –Vengan. Nosotros caminamos fascinados hacia él, pues era muy regalón y le gustaba que lo tomáramos en brazos.

De pronto, cuando menos lo esperaba, vi en el balcón del segundo piso la figura de Pierre con un arma en su mano. Mi mente se nubló en ese momento, el pánico y la sorpresa me dejaron inmovilizada. De pronto Pierre disparó su arma y sentí como la mano de Edward se deslizaba de la mía y su cuerpo se desplomó a mi lado. Pierre había cumplido su amenaza y como un relámpago cruzaron por mi mente las amenazas recibidas a las cuales yo no había dado importancia. Me sentí culpable. El mundo se me vino encima.

–¡Edward, mi amor! –grité desesperada. Un grito desgarrador salió desde el fondo de mí y se escuchó en la mansión entera.

–Te amo, Victoria –dijo Edward con un suspiro quebrado. El estaba muerto en mis brazos como si estuviera protegiéndome de la llovizna. No me convencía que el amor de mi vida estuviese muerto a mi lado. Se formó un alboroto. Algunos lloraban y gritaban mirando a Edward muerto con los ojos abiertos.

Cuando levanté la cabeza, vi a Pierre asomarse en el balcón del segundo piso.

–Atrápenlo, está arriba –grité llorando.

Pierre asustado corrió a esconderse, pero algunos trabajadores que lo habían visto corrieron detrás de él. Rápidamente lograron atraparlo y comenzaron a darle una feroz pateadura. Después, lo encerraron en una pieza mientras esperaba que llegara la policía, la cual no tardo mucho en llegar.

Los policías esposaron a Pierre y le leyeron sus derechos. El llamó a su abogado y se lo llevaron esposado al cuartel de la Policía de Investigaciones para ponerlo a disposición del Ministerio Público. Mi rabia era tan grande que hubiese querido matar a Pierre con mis propias manos, pero sabia que esto no lo podía hacer, pero mi rabía era infinita. Allí Pierre esperó a su abogado el cuál se demoró como quince minutos en llegar para que le tomaran la declaración. Por orden del fiscal, el imputado Pierre quedó detenido en prisión preventiva por noventa días, mientras otros policías y detectives sacaban fotografías y otras evidencias del cuerpo de Edward en el jardín. Luego, los detectives cubrieron el cuerpo de Edward con un plástico amarillo mientras un policía guiaba a Pierre al furgón de la PDI. El policía llamó al fiscal quién le dijo que no movieran el cuerpo hasta que el llegara al lugar del crimen para tomar declaración y establecer los hechos en este homicidio. Luego

llegaron funcionarios del Servicio Médico Legal y levantaron el cuerpo por orden del fiscal y se lo llevaron al Servicio.
Muchos periodistas habían llegado a reportear la escena del
crimen en directo.

Esa tarde, muchos amigos y parientes se escandaliza-
ron cuando dieron la noticia en televisión. Para evitar más
escándalo, yo no le respondí ninguna pregunta a los periodistas. Yo me sentía culpable de la muerte de Edward, pues
nunca le conté de las llamadas telefónicas que Pierre me había
hecho amenazándonos.

El día de la audiencia preparatoria, Pierre llegó esposado
y con dos guardias de Gendarmería a su lado y lo dejaron
sentado al lado de su abogado defensor frente al estrado del
juez. Cuando comenzó el juicio, el juez le preguntó a Pierre
su individualización. Pierre transpiraba de nervios al ver mi
presencia y que se me caían mis lágrimas. Después de la presentación del acusado, habló su abogado defensor y luego mi
abogado defensor presentó las pruebas de testigos, peritos, y
alcoholemia, etc.

Por orden del tribunal se hizo un allanamiento en su
domicilio para investigar las evidencias respecto al brutal
crimen cometido por el imputado. En esta diligencia, los
detectives encontraron varias evidencias que comprometían
a Pierre: un plano de la casa de mi familia con el detalle de las
habitaciones, una boleta del lugar donde compró el revolver,
fotografías mías, y un montón de cartas que nunca me envió,
pero que demostraban su obsesión por vengarse de mí.

El doctor España como médico forense del Servicio Médico
Legal que hizo la autopsia, encontró que la bala de nueve
mm le había traspasado la cavidad torácica, siendo ésta la
misma que se encontraba en el revolver que había disparado.
Además, se encontró en la mano derecha de Pierre, residuos

de pólvora reciente del disparo que ocasionó la muerte de Edward.

En la audiencia preparatoria, el juez dijo que las partes quedaban notificadas para el juicio final el día miércoles 15 de octubre de ese año a las diez de la mañana. El abogado defensor de Victoria con todos las evidencias en su favor que demostró en la audiencia preparatoria fue convincente para que los jueces en la audiencia del juicio final y el alegato de clausura dictaran la sentencia como un homicidio calificado condenando a Pierre a veinte años de prisión. Al escuchar su condena, Pierre tembló de escalofríos y aceptó su condena y luego se dio vuelta y con lágrimas en sus ojos me pidió perdón diciéndome, –Perdóname, pero no olvides que siempre te amaré. Luego dos guardias de Gendarmería se lo llevaron a cumplir su condena esposado, mientras yo me sentí satisfecha porque se hizo justicia, a pesar que no recobraría a mi amor Edward.

Eran como las nueve de la mañana cuando salí de la mano con mi hijo William pensando en Edward y la esperanza que algún día William sabría lo muchísimo que su padre lo había querido. No respondí a ninguna pregunta que los periodistas me hicieron, pues quería regresar luego a casa. Mientras avanzábamos por la avenida Providencia hacia la mansión de mi familia, abrí la ventana del Range Rover y entró el suave aroma de los árboles en flor y el canto de los pájaros.

Esa mañana de primavera, bajo un sol brillante y una brisa tibia, con mi hijo William y mi familia regresamos al jardín de la mansión otra vez. Recordé los momentos maravillosos que allí había pasado con Edward. Mientras caminábamos mirando y oliendo el suave aroma a cerezos, duraznos, y ciruelos en flor rosados y blancos y las abejas que zumbaban alrededor de los brotes abiertos, Willy con sus primos reían y gritaban jugando entre las flores, mariposas, y algunos conejos que se les cruzaban. Ahora sólo espero que mi hijo, William, siga conservando las tradiciones de su padre y de su abuelo.

FIN

REFLEXIÓN SOBRE LA NOVELA

Preguntas

1. Qué sugiere el título de la novela?
2. Cómo pensaba que iba a terminar?
3. Qué opina de la novela? Le gusto? Por qué?
4. Cuál es su escena favorita? Por qué?
5. Quién es la narradora?
6. Cuánto tiempo ocurre entre el comienzo y el final de la novela?
7. Quién es su personaje favorito? Por qué?
8. Cómo le hubiese gustado que la novela haya terminado?
9. Quién es Edward?
10. Qué es lo que más le gusto de la novela? Por qué?